岁月之痕

一个医生的诗

张泰昌 —— 著

大连出版社

DALIAN PUBLISHING HOUSE

图书在版编目（CIP）数据

岁月之痕：一个医生的诗 / 张泰昌著. — 大连：大连出版社，2020.5（2024.8重印）
ISBN 978-7-5505-1541-3

Ⅰ.①岁… Ⅱ.①张… Ⅲ.①诗集－中国－当代 Ⅳ.①I227

中国版本图书馆CIP数据核字(2020)第032972号

SUIYUE ZHI HEN
岁 月 之 痕

策划编辑：张　斌　王洪梅
责任编辑：张　斌　王洪梅
封面设计：林　洋
责任校对：姚　兰
责任印制：温天悦

出版发行者：大连出版社
　　　地址：大连市西岗区东北路161号
　　　邮编：116016
　　　电话：0411-83620573 / 83620245
　　　传真：0411-83610391
　　　网址：http://www.dlmpm.com
　　　邮箱：dlcbs@dlmpm.com
印 刷 者：天津旭丰源印刷有限公司

幅面尺寸：160 mm × 220 mm
印　　张：12.75
字　　数：200千字
出版时间：2020年5月第1版
印刷时间：2024年8月第2次印刷
书　　号：ISBN 978-7-5505-1541-3
定　　价：58.00元

前　言

　　诗词在人类浩瀚的文学史中占有独特地位，滋润着人们的思想和灵魂。我自少年时就喜欢并背诵一些诗词名句，有点闲暇就尝试着"学步"。从医50年，尽管工作紧张、忙碌，总有不断受到的启示和感悟。写下来，不敢说是诗词，很多是顺口溜，算是东施效颦吧！多年下来，积存了二三百首。这里选编其中的大部分，将其分成几个时期，就如同自己的成长过程。选编时也放进了我青年时的习作，尽管充满了年轻的幼稚和青涩，权且作为一种纪念。纪念那段远去的岁月，纪念那在我心中存在过的世界。

　　从考入第二军医大学（现中国人民解放军海军军医大学）开始，学员队的学习训练，四清运动下乡，"文化大革命"的冲击，毕业分配，步兵侦察连当兵锻炼，团卫生队当军医；以后转业回北京进首都医科大学宣武医院，参加农村医疗队，在北京协和医院进修，赴日本川崎医科大学进修学习，回国后担任科室主任，退休后又受聘于北京市健宫医院。时间默默地改变着一切：年龄、思想以及我们的社会。那些激情燃烧、充满活力的既往以及平凡生活中的人间真情，依然鲜活地留在那些难忘的岁月里，正是这些坎坷而多重的经历丰富了自己的人生。

岁月之痕

　　时光匆匆而去，带着真诚，也带着遗憾和怅惘。借着时代的光和热写下了这些文字，是我美好的心情或是印象深刻事件的纪实。我喜欢用这种方式来诠释自己的心灵，并能不时回顾与怀想。因为那是属于自己的记忆。虽然自知写得不好，可毕竟把当时的所思所想以浓缩成诗词的方式记录了下来，如同完成了一桩桩心事。而每一次的回看，也总能把自己的心境带入一片净土里，那是岁月留下的痕迹，那里有着我熟悉的一切，有快乐也有疼痛。

　　我感恩帮助过我的所有人，感谢我的恩师、曾经共事的同事、同学、友人，感谢我的家人特别是我的妻子，以及对我数十年信任支持的广大患者朋友。因为在我这过去的几十年中，正是有他们的支持，我才能有如此深刻的感悟，能够随意地想写就写，做着对一个人来说是颇为奢侈的事，并把这些难得的经历和受益永久地保存在记忆的花园里。

张泰昌

目　录

第一章　从军大到军医

第二章　宣武医院工作时期

第三章　赴日本川崎医科大学进修

第四章 退休初期

一个医生的诗

第五章　七十岁后

岁月之痕

一个医生的诗

岁月之痕

第一章

从军大到军医

第一次外出

几个北京兵，第一次外出。
不懂上海话，心里犯嘀咕。
想着好八连，必到南京路。
行人密如织，哨兵站何处？

九月大上海，热得要中暑。
后背汗湿透，不敢脱军服。
外滩留张影，取景洋建筑。
空手返校园，谁也没购物。

（1963 年 9 月 22 日）

注：1963 年 8 月考入中国人民解放军第二军医大学，简称"二军大"，校址在上海。2017 年更名为中国人民解放军海军军医大学。入学即入伍，取得军籍。学校军事化管理，训练、学习很紧张，星期天可请假外出去上海市区。

▲ 来自北京的 4 位同学初次到上海市区，在外滩合影。左二为作者

考入二军大

考入二军大，初次离开家。
五湖四海人，乡音好纷杂。
吴侬软语多，听不出说啥。
首长挺亲切，倡导普通话。

管理很严格，外出得请假。
饭菜能吃饱，色香味皆佳。
每月津贴费，大多都攒下。
结余往家寄，感动哭爹妈。

军事技能课，验收高评价。
障碍轻松过，最棒是打靶。
列队去教室，行动军事化。
学习蛮紧张，用功须得法。

内务要求高，经常被检查。
被子叠方块，地板光洁滑。
业余文艺组，指名让参加。
节目大家看，反响还不差。

周末作复习，刷鞋洗衣袜。
紧急集合哨，夜半跑不垮。
临近期末考，准备好拼杀。
日子匆忙过，无暇想其他。

（1963 年 12 月 29 日）

注：津贴费指每月有7元士兵津贴费，除理发，买牙膏、肥皂、手纸外，很少花钱。

▲ 作者入学时的证件照

父亲病逝

家父久病终不行，失持忽如漏房倾。

心如刀割方寸乱，后悔求学远离京。

慈祥温厚如山爱，含辛茹苦似海情。

殷殷嘱托牢牢记，誓为良医助苍生。

（1965年7月10日）

注：父亲患有慢性支气管炎，后发展成慢性肺源性心脏病。在1965年7月病情突然恶化而去世，享年48岁，我大学二年级刚结束。下面为父亲在病中给我写的无题诗。

幼苗茁壮幸长成，坚定本由苦难生。

一旦失持莫畏惧，愿将一生献大公。

下乡"四清"

"四清"停课到川沙，杨园公社条件差。
要求三同都到位，吃住贫下中农家。
先开社员宣教会，发动群众来揭发。
大队干部权限宽，下面反应意见大。

几个单纯学生兵，不讲策略竟施压。
满脸无辜不交代，反问到底让说啥。
工作队长嗅觉敏，路线问题重手抓。
包产到户成典型，阶级斗争真复杂。

白天出工到田间，边干边学上海话。
两稀一干不耐饿，熬夜常觉饥和乏。
偶有机会派外调，三碗面条能吞下。
春节几天回校日，尤觉食堂顶呱呱。

（1966 年 1 月 25 日）

注：四清运动，指 1963 年至 1966 年中共中央在部分城乡开展的社会主义教育运动。运动的内容是"清政治，清经济，清组织和清思想"，运动期间中央领导亲自挂帅，数百万干部下乡，也包括各高校师生。1965 年 9 月我校停课，军医 63 级学员参加上海东郊川沙县（今浦东新区）社会主义教育运动。当时我组 7 名男同学和同班 4 名女同学编在一个工作队。

三同，指与贫下中农同吃、同住、同劳动。学校要求讲普通话，来到川沙后才真正有机会向农民学习上海话。

两稀一干，由于粮食不足，当地农民家庭早晚吃粥，中午吃米饭，说成两稀一干。

▲ "四清"工作队合影。作者为第二排右二

同　窗

运动浪潮进军校，宿舍张贴大字报。
同窗随即分两派，站队表态最重要。
激昂辩论唾沫飞，高音喇叭喊口号。
鲜明对立转眼间，混乱局面何时了？

（1966 年 11 月 15 日）

注："文革"开始，各学员队开始分派，后来形成红色造反纵队和红旗
战斗队两派。

回沪巧遇

春节过后忙返沪，几个男生约同路。
皆因全国大串联，无票上车没尺度。
清早来到北京站，站台人满难移步。
盯紧车门不气馁，依仗年轻强挤入。

同班女生卢纹凯，挤在人群直叫苦。
眼看上车没希望，心里已打退堂鼓。
忽如女神从天降，开大车窗忙招呼。
示意钻窗双手拽，巾帼果然不含糊。

走走停停三昼夜，铁路亦无安定处。
车厢始终人挤人，辛苦打水买食物。
过往将来皆话题，一路彼此得照顾。
几年同窗交流少，正因男女多约束。

品学兼优高才生，早有敬意并佩服。
相逢恨晚言无忌，友情珍贵当爱护。
性格兴趣初相知，萌生好感没表露。
今番巧遇虽偶然，缘分或有天相助。

（1967 年 2 月 18 日）

注：1966 年下半年因"文化大革命"运动，学校停课，部分同学串联到北京或国内其他地方。在北京的有些同学住在总后大院。因为红卫兵全国大串联，可以不买票坐火车，火车非常拥挤，晚点是常态。

◄ 卢纹凯，同班女同学，北京籍，年级的高才生

一个医生的诗

浪淘沙·夜雨思念

春申大风吹，夜雨扬威，云月星斗都避回。
思绪伴随涨潮水，叩打心扉。
昔日初相识，清纯芳菲，真诚谨慎育蓓蕾。
神有所归添牵挂，卿可展眉？

（1967 年 4 月 30 日）

浪淘沙·五首

（一）待航

浦江马达乱，行船似箭，万杆红旗划蓝天。
蹒跚学步闯大海，心慕海燕。
好奇抚船舷，江天放眼，此行任重路更远。
心有北斗引航道，快快扬帆。

（二）燕尾夜航

晚霞洒满舷，色彩斑斓，火烧云海红一片。
微风轻拂万顷浪，茫茫无边。
入夜月光寒，驾驶台前，繁星眨眼渔火闪。
燕尾港外打鱼船，可该收帆。

（三）陈家港

船泊码头前，盛夏夜半，汽笛声啸掠港湾。
人影匆忙走缆急，星月披肩。

赶潮装海盐，推车如箭，热火朝天人不倦。
劳动号子荡东风，日出舱满。

（四）登云台山飞来石

怪石云中悬，挥汗登攀，花满云台红烂漫。
兴致盈盈折一枝，送给谁人？
绿水青山恋，不胜流连，心有彩凤舞翩跹。
浪花堆起千层雪，永不凋残。

（五）思念

月光洁如绸，星星点头，浪花如雪推行舟。
夜泛银光见鱼跃，碧波悠悠。
往事心上流，无暇闲愁，念我黄花可消瘦？
诚倩海风吹寄语，送往红楼。

（1967年6月）

注：1967年3月19日，中央军委发出《关于集中力量执行支左、支农、支工、军管、军训任务的决定》（简称"三支两军"决定）。1967年5月初，由于"文革"，上海码头货物大量堆积，货轮工人缺乏，请求解放军支援，二军大接到上海市革命委员会请求通知后，立即组织部分学员到各货轮支工。我与同组焦天一同学以及二军大护校两位男同学分派在"战斗65号"海上货轮。海船动力是燃煤蒸汽机，我们的任务主要是铲煤、烧锅炉做司锅工。7月初接到学校复课通知，支工时间2个月。

燕尾港，位于江苏省。

陈家港，位于江苏省，当年主要为运盐码头。

云台山，位于江苏省连云港市。

红楼，指二军大学员队红砖宿舍楼。

如梦令·夜思

月光倾窗如注，潺潺浦江东流。
默默倚船头，计算离岸天数。
前路，前路，惊涛骇浪无数。

（1967 年 6 月 24 日）

▲ 茫茫大海

沁园春·晨

盛暑夜空，列车飞驰，璀璨繁星。
放眼窗内外，旧事重涌，恨相知晚，共沐雨风。
半载运动，"文革"串联，南京瞻拜中山陵。
想明天，前路难憧憬，如何经营？
寂寞思绪重重，天放白，日出东方红。
不舍掠过处，稻菽起舞，青纱婆娑，郁郁葱葱。

此番重逢，寄望将来，陶然一笑真性情。

男子汉，襟怀阔若海，纵马今生。

（1967 年 7 月 20 日）

注：此词是写给女同学卢纹凯的。

▲ 同学卢纹凯

无　题

多事匆匆一年间，联翩百感上笔端。

中山陵园竭诚拜，纪念碑前表誓言。

火车初逢犹如昨，红楼憧憬期明天。

患难与共迎风雨，愿以我血报斯人。

（1967 年 8 月 20 日）

复 课

开始复课闹革命，重返教室心先静。
临床内容多且繁，掌控要求简而精。
动手机会经常有，见习时间不够用。
跟紧老师踏实学，摒除杂念读真经。

（1968 年 2 月 15 日）

毕业之前

分配业已定方向，将别军校亦惆怅。
运动耽误多门课，太多亏欠难补上。
报国虽有鸿鹄志，腹空怎能不心慌？
五年磨砺不言短，几个五年能成梁？

（1968 年 8 月 12 日）

浪淘沙·夜攀莲花峰

月斜水帘洞，惊入仙境，万串珍珠落池声。
哪里可寻美猴王，全无影踪。
登攀莲花峰，战战兢兢，横峦侧岭寻路径。
何不飞上绝壁顶，摘下星星？

（1969 年 4 月 10 日）

注：1968 年 8 月毕业后分配到北京军区×××军×××师。报到后，直接安排到师直属侦察连当兵锻炼。莲花峰位于河北省涞源县，当时连队行军训练路过此地。

如梦令·浮萍随感

袅袅娉娉婷婷，葱茏头重脚轻。
随波逐流去，颠顸不知池泓。
浮萍浮萍，空得一身水性。

（1969年5月2日）

注：浮萍，浮在水面，当地常用来做饲料。

清平乐·岗南行

雨骤风狂，夜半行军忙。
翻过青山见朝阳，露润野菜花黄。
洪横惊飞铁索，野径湿滑坎坷。
柳暗花明水绿，谁解鸟语莺歌？

（1969年7月20日）

注：岗南，位于河北省平山县。

铁索，小河上架桥未完工，仅有桥墩及桥身的钢梁骨架，因洪水急流无法泅渡，全连攀爬钢梁过河。

浪淘沙·游泳训练

雨后潜水库，武装泅渡，身背钢枪押战俘。
一望无垠碧波上，竞逐风流。
月女孤寒苦，寂寞谁诉，默默蟾宫守玉兔。

何如做客此处游，我帮引路。

（1969 年 8 月 5 日）

注：水库，指岗南水库，侦察连在水库游泳训练武装泅渡。

七月七巡逻哨观星

滔滔瀑布百尺泉，蒙蒙云雾千重山。
初秋阵雨方见停，蝉鸣蛙声已成片。
月洒清辉戎装暖，星光疏落刺刀寒。
银河虽无鹊桥影，此时此景仍流连。

（1969 年 8 月 19 日）

沁园春·望峰台

水天极目，拦河坝上，雾雨蒙蒙。
又几天阴霾，远山灰影；
深秋萧瑟，落叶晨风。
连队一年，放下专业，打造合格侦察兵。
路漫漫，何时能归队，圆梦医生？
振作壮志激情，执着脚踏实地作风。
摸爬滚打中，身强骨硬；
青山可鉴，心路历程。
无奈浮尘，时遮望眼，无边光景难看清。
向前走，任风云变幻，淡定从容。

（1969 年 10 月 15 日）

注：望峰台，位于山西省忻州市五台县东北部，邻五台山。

念奴娇·春节

苍茫大地，须臾间，雪片漫天舞起。

脚下皆白，北风过，远山连绵逶迤。

目尽苍穹，万象萌新，叹妙处谁与？

瑞雪丰年，严寒透着春意。

咫尺却似天涯，除夕思亲人，几丝愁绪。

一阵瞌睡，无奈中，忘情尽在梦里。

爆竹催晓，破银光冷寂，听院雀语。

专业空空，安身立命何以？

（1970 年 2 月 7 日）

注：1969 年 10 月结束当兵锻炼，分配到×××师×××团卫生队任军医，驻地山西省定襄县。1970 年春节是在卫生队过的第一个春节。未婚妻在×××师医院任军医，两驻地相隔 20 多公里，因战备需要，春节没能见面。

初到边防前线

一级战备急如火，整师开拔扬军歌。

纵向驰骋千里外，严冬北疆正寒彻。

军列停稳跳下车，朔风扑面似刀割。

身着四皮仍觉冷，初晓边防环境恶。

中苏对峙有时日，陈兵百万一界隔。

装备落后士气高，严阵以待重坦克。

相邻内蒙达茂旗，防御即将成规模。

家书写就不能寄，中心开花期战果。

（1970 年 3 月 26 日）

注：1970年2月，×××军接到中央军委命令，所属主力×××师整师调内蒙古自治区达茂旗北部，在中蒙边界处布防，准备迎战苏军坦克部队。当时我随×××师×××团卫生队值守在内蒙古自治区达茂旗中蒙边界百灵庙周边。

四皮，指皮帽子、皮大衣、皮手套、大头毛皮鞋。

中心开花，指当时的战略战术，即以我师作中心诱饵，诱敌深入，然后大军团包围歼灭敌军的战术。

▲ 初到边防前线

边防采药

前沿不时传捷报，掩体坑道已修好。
医疗保障事不多，抽调人员采中药。
茫茫草原无边界，广袤大地人烟少。
偶尔见个蒙古包，蒙民热情人厚道。
炒米奶茶来待客，大锅砖茶牛粪烧。

外出半月收获大，随手抓来皆是宝。

尤其半车肉苁蓉，据云此物神功效。

壮阳提振肾功能，咱团八成用不着。

（1970 年 8 月 9 日）

拉练回营

战备任务忽变更，全师拉练回晋中。

每天行军近百里，今达山西大同城。

风餐露宿十几日，住进民房小休整。

家家都存几坛醋，见识雁北醋民风。

挨门巡诊问伤病，脚掌起泡最普通。

叮嘱热水泡泡脚，细针刺破减疼痛。

诸多官兵长虱子，虽不算病挺硌硬。

互助捉虱皆认真，动作效仿老百姓。

唯独自己无感觉，小有得意暗庆幸。

猛然战友指我喊，几个家伙趴衣领。

虱子多了身不痒，民间老话亲验证。

归心似箭询前路，待回定襄剩半程。

（1970 年 9 月 30 日）

注：中蒙边界紧张局势缓和，1970 年 9 月，我师奉军委命令，从内蒙古自治区达茂旗回撤山西。全师近万人全副武装拉练，全程徒步 700 多公里，行军近 1 个月回到驻地。其间，为保障连队医疗，团卫生队一半多医生分别被派到连队。我被安排在×××团×××营×××连，除了行军外，休息时还要全连巡诊，好在全连没有 1 人因伤病而掉队。

定襄，我团营房驻地。

女儿出生

天寒飘雪二月天，宝贝女儿降人间。

千娇百媚小天使，看到已是第二天。

野战军营迎明珠，心疼体轻缘早产。

初为父母喜欲狂，回京计划全打乱。

战友同事送衣被，烟煤火炉且取暖。

没有奶水急上火，两瓶炼乳渡难关。

产后不足半个月，辗转千里别忻县。

朔风小站候车烦，平安抵家心才安。

（1971 年 3 月 15 日）

注：妻是×××师医院军医，两驻地相隔 20 多公里。因战备需要，不可能经常见面。春节过后，妻早产 20 天生下女儿。打乱原来的回京生产计划，措手不及。妻产后身体虚弱无奶水，当地又买不到牛奶或羊奶，不得不在产后 11 天冒严寒辗转千里从忻县回到北京娘家。

四里四村

施工来到四里四，涞水边远小山村。

全村总共十九户，山上山下两处分。

交通闭塞人烟少，信息不通缺新闻。

口粮年年需救济，缺医少药真贫困。

山坡光秃少植被，地面不平多矮人。

溪水浸泡杨树叶，权做辅食度开春。

脖子粗大见结节，饮水缺碘是祸根。

呼吸不畅山头喊，吼出无助嘶哑音。

生活清苦民朴实，政治学习很认真。

文盲数字超过半，小伙长成难成婚。

房东大娘是军属，见到我们格外亲。

幼子幸运当兵去，说到动情泪沾襟。

（1972 年 8 月 8 日）

注：涞水，北与北京市门头沟区相接，隶属河北省保定市。

矮人，这里指侏儒病人。

脖子粗大，指结节性甲状腺肿，碘缺乏引起。

埋电缆

我军奉命埋电缆，京晋直通军用线。

施工要求高难度，千里太行将贯穿。

峰峦叠嶂挡不住，一步一步精测算。

分段负责任务急，指标下到团营连。

劲风吹干青春脸，衣裤汗渍一圈圈。

风餐露宿五个月，镐刨锹挖万仞山。

认真防护疾病少，组织有序无伤残。

先头通过门头沟，官兵闻讯尽开颜。

（1972 年 9 月 20 日）

注：1972年×××军接受中央军委命令铺设山西到北京的军用通讯电缆，我团整团参与。穿山越岭、风餐露宿历经近半年圆满完成任务。

接新兵

外派接新兵，任务不普通。

起初心忐忑，主检责任重。

景县年轻人，个高且聪明。

一众好苗子，不乏中学生。

争着要入伍，朴实爱国情。

团长暗自喜，政委笑脸迎。

最忙武装部，装档进尾声。

衡水老白干，举杯庆完胜。

（1972年12月30日）

注：每年一次的征兵，经过动员、报名、政审、体检、定员等程序后由接兵单位（新兵团）领走，通过集训后再分配到班排。军医主要任务是把住体检关，确保新兵身体合格。

景县，隶属于河北省衡水市。

团长、政委，是指带新兵团的团长、政委，实际多为临时抽调的营职干部。

衡水老白干，河北省名优白酒，衡水市生产。

无 题

豪雨遮星辰，雷惊梦中魂。

神思千里外，意在寻乡音。

中秋日渐冷，长夜孤独心。

牵挂妻与女，家信贵如金。

（1973 年 9 月 15 日）

注：妻子生病，经 ××× 师医院领导批准妻子回京治疗。

▲ 一家人

复　员

披荆斩棘十一春，坎坷深浅脚印真。

军旗映照红十字，始终激励年轻心。

医院情怀深深藏，难忘长海学术魂。

誓做名医虽是梦，挥之不去到如今。

业务单纯卫生队，技术现状难再进。

初衷励志没有改，不甘完全听命运。

产后体弱妻生病，安排复员成动因。

郑重报告求退役，泪别战友痛转身。

（1974年4月1日）

注：长海，指上海长海医院，原为第二军医大学第一附属医院，是当年作者临床课学习和实习的医院。

第二章

宣武医院工作时期

转业回京

转业回京进医院，自荐市级遂心愿。
没争协和和北医，其时头脑缺概念。
遇到重症方傻眼，六年军医算白干。
谦恭认真做学生，踏踏实实从头练。

（1974 年 5 月 1 日）

注：1974 年 4 月转业回到北京，当时因"文革"，大学停办多年，北京各大医院医生严重缺员，自持简历面试几家大医院。宣武医院是第一个当即同意录用的单位。进入地方大医院后，方认识到和部队基层医疗单位的技术差距之大。

北京感受唐山大地震

盛夏五更大地动，床跳窗摇轰隆隆。
惊恐嘈杂脚步乱，妻抱幼子朝外冲。
揪心隔街母与女，骑车赶去看究竟。
祖孙无恙医院跑，更多牵挂在心中。

（1976 年 7 月 28 日）

注：唐山大地震是指 1976 年 7 月 28 日凌晨 3 点 42 分，中国河北省唐山市丰南区一带发生了里氏 7.8 级地震，唐山被夷成废墟。北京震感强烈，一些老旧平房毁损严重。由于住房困难，我和妻子及 3 个月大的儿子挤住岳母家，母亲和 5 岁的女儿住在相隔约 1 里路的另一条胡同。

定专业——初进消化

一门心思搞心脏，跟着名师学问长。
主任约谈定专业，早有盘算肚里藏。
安排消化没想到，嘴上不讲心对抗。
几年自学电生理，真觉丢下亏得慌。

领导意见反复想，自我安慰不沮丧。
日新月异内窥镜，胃肠笃定会做强。
操作需要年轻人，困难再大得担当。
行行都能出状元，脚踏实地别彷徨。

（1978 年 10 月 20 日）

注：1978 年 9 月 30 日，内科汪家瑞主任找我谈话，安排我进消化专业，要求尽快学习、掌握胃镜方法。国庆节后开始学习胃镜。对于一心想跟随汪主任学习心血管专业的我，实感遗憾。

学胃镜

开始学胃镜，总觉手不灵。
操作用尽心，十指不够用。
熟练生技巧，千锤百炼功。
检出率恒高，细微辨分明。
消化道出血，病灶立查清。
识别早期癌，须得鹰眼睛。
精准取活检，全力保成功。
热诚加严谨，关乎患者命。

（1979 年 5 月 1 日）

学习结肠镜

初学结肠镜，开头真发怵。
苦在缺指导，也少专业书。
内镜无杂志，书店没专著。
周末去协和，不时跑北图。
四处找资料，难得见图谱。
对照钡灌肠，病变辨认出。
医护巧配合，逐渐摸熟路。
只憾镜身短，少到回盲部。

（1980 年 10 月 1 日）

注：1980 年年初，北京市卫生局配给我院 1 条短型纤维结肠镜，开始了结肠镜的检查。但镜长仅 100cm，较普通型镜长 130cm~200cm 的结肠镜短很多，初始学习操作时，大多到不了终点回盲部。

有感内镜下胰胆管造影术

胰胆管造影，诊断胆胰病。
内镜有难度，临床大作用。
反复吃射线，初始顾忌重。
全身防护好，勇敢往上冲。
水平靠积累，做多技才精。
勤奋加思考，油然窍门生。
提高成功率，注重准确性。
直面新业务，再难要攀登。

（1981 年 6 月 7 日）

注：内镜下胰胆管造影术又称 ERCP，是诊断治疗胰胆疾病的重要手段，20 世纪 80 年代初，国内引进日本十二指肠镜，开始这项检查操作。我院是继协和医院、友谊医院和北大医院等之后在北京的综合医院中较早开展这项检查的医院。

想念——给妻子的诗

京北山区初春，
月儿弯弯，星星眨眼。
又是一个难眠的夜晚。
干冷呼叫的北风，
吹走睡意，
唤起我对过往人生的梳理，
对家的思念……

1967 年的春天，
"文化大革命"的风暴，
把刚满二十一岁的她，
突然刮到我的身边。
她是学员队的高分榜首，
是人人追赶的学习标杆。
她清纯文静，聪明干练。
她心地善良，待人诚恳。
更有着超乎寻常的美好内心。
就是这颗心，
把我的爱点燃。
尽管我是那样的拙笨，不会说话，

更拿不出什么珍贵的礼物，
去讨她喜欢。
但我真诚、坦然。
共同的理想，把我们紧紧相连。
两颗心，如两团火，
一起跳动一起燃。
从此，我的生活充满阳光。
爱的甘露，把我们的心地浇灌。

随着时间车轮的飞转，
我们度过了难忘的十五年。
虽然，我们没能够日日相伴，
但是，
不管是在艰苦的部队生活，
还是转业后遇到的各种困难，
她对我，如同一盏灯，
时刻照亮我的前面。
在阴冷潮湿的坑道洞穴，
想到她，我周身暖遍。
在千里拉练的行军路上，
想到她，顿时消除了所有的疲倦。
在百无聊赖的日月里，
她给我送来希氏内科学英文影印本。
在"文革"运动中，
她不断提醒我，
别忘了当年的理想，
医术才是医生的根。

十五年了，
多动荡，多苦难啊！
那场漫长的运动，
耽误了我们十年最宝贵的青春。
而今，我们不得不为生活奔波，
衣食住行，柴米油盐。
深夜挑灯阅读，准备各种考试，
拾级而上，艰难登攀。
真是苦辣辛酸，五味俱全。
家庭和业务的重担，
压得人疲惫不堪。
或许由于这些，
把我们珍贵的爱冲淡。
或许我的粗心，
给这纯洁的爱留下过伤痕。

但是，爱的天平，
永远是精准的，
它能称量出我内心的真诚。
辛勤浇灌的花，总是越开越艳。
我们有了一双可爱的儿女，
业务技术也在比肩前进。
为了全家的幸福美满，
我们辛劳付出，虽苦犹甜。

如今，改革春风已吹进医院。

带来的不仅是希望和遐想，
更多的是技术的进步、
设备的更新、观念的转变。
伴随医院的发展，
相信生活将会逐渐宽裕，
住房条件也会得到改善。
我们一定能克服眼前的困难，
用毕生的执着，
共同努力创造多彩的春天。

（1982 年 2 月 20 日）

注：1981~1982 年春参加医院农村医疗队，在北京怀柔汤河口医院工作 10 个月。

西江月·急诊胃镜

上消化道出血，内科临床重症。
抢救须得诊断清，有赖急诊胃镜。
主任统一排班，骨干轮流听命。
敲门常吵邻家醒，深夜车接医生。

（1982 年 5 月 1 日）

注：1981 年上半年我院胃镜室开始上消化道出血急诊胃镜检查。如果夜间遇到消化道出血患者，院内无操作胃镜医生在班，医院出车到家接胃镜医生和胃镜室护士，并将此作为制度。当时普通人家都没有电话，深夜接医护直接敲门，四合院的左邻右舍经常被吵醒。

协和医院消化科进修感言

进修考入协和门，真正认识协和人。
开始聆听培训课，已觉丰满概念新。
中外医学交流广，组织学者报告勤。
解惑还有图书馆，阅读方知学海深。

病历书写极严格，诊断依据更严谨。
尤其少见疑难病，每周法定要讨论。
各科教授坐前排，发言个个贵如金。
尊为医圣张孝骞，年逾八十思维神。

消化科为院重点，人员构成明星阵。
学科主任陈敏章，颖悟绝伦人勤恳。
医术精湛办法多，内镜尤显技巧真。
和蔼可亲易接近，跟着大师增学问。

专科自主实验室，临床科研结合紧。
群星璀璨风气正，以院为家多论文。
各自术业有专攻，所在领域多掌门。
协和精神虔诚学，踏实行医为人民。

（1983 年 9 月 10 日）

注：1982 年 5 月到 1983 年 8 月在协和医院消化科进修，聆听张孝骞、陈敏章等大师的查房分析和讲课并在陈敏章、陆星华、麦彩荣等老师指导下学习内镜，收获很大。

一个医生的诗

031

▲ 在协和医院进修期间参加协和医院举办的全国上消化道内窥镜进修班。陈敏章（第一排左五）、陆星华（第一排左六）、麦彩荣（第一排左四）、作者（第二排左四）

参加绿化队

单位植树有任务，绿化过后少维护。
临时组队到山村，浇水补栽凑满数。
似火骄阳长城边，时见飞鸟和野兔。
溪头担水医者汗，此回不该白辛苦。

（1984 年 4 月 30 日）

注：卫生系统绿化造林由各医院承包指标。除每年 4 月初植树后，为保证成活率，医院还要临时抽调员工组队维护。本次队长是医院时任教办主任李志库，共 10 名成员，为期 10 天。

▲ 绿化队成员。作者为左二

▲ 绿化队成员在长城合影。作者为右二

第一篇论著发表

贲门撕裂不罕见，急诊胃镜有发现。
国内目前无报告，总结论文找特点。

英文摘要没把握，北医教授帮忙看。

中华消化论著投，两年刊登了心愿。

（1984 年 12 月 30 日）

注：《贲门黏膜撕裂综合征 23 例临床分析》投稿 2 年后在《中华消化杂志》（1984-11，第四卷第 4 期 228~230）刊出，这是我的第一篇论著。成文前承北医人民医院黄大有教授修改。

WHO 出国外语考试

考场堪比临战场，试卷未发先心慌。

命运前程在笔下，太多期盼才紧张。

似曾相识题量大，模拟难点今遇上。

医学强国留学梦，理智追逐不彷徨。

（1985 年 10 月 22 日）

注：WHO，世界卫生组织简称。

学日语

日语学习入门难，而立起步不简单。

中医主任康大鲁，主动授课启蒙班。

岳父帮我正发音，屡次三番不嫌烦。

随后学习全脱产，语言学院一整年。

年龄偏大记忆差，夜以继日拼时间。

怕吵家人钻厨房，艰苦爬坡靠意念。

四合院内一扇窗，凌晨三点灯光闪。
厨房冷天常结冰，耐住严冬五更寒。

听说读写全方位，最难是过听力关。
骑车路上放录音，见缝插针睡觉前。
戴着耳机能打呼，看着录像可入眠。
条件反射成惯性，家人常作笑话谈。

中级结业成绩优，酸甜苦辣没白练。
感恩主任当伯乐，谢谢在岗同事们。
特别感谢妻子她，默默挑起家重担。
日语初步能交流，出国进修可期盼。

（1986 年 1 月 30 日）

　　注：康大鲁是宣武医院中医科主任，1983 年在医院内主动办起业余日语速成班。岳父是原北医附属平安医院（"文革"期间整个医院迁至甘肃嘉峪关）退休医生，日本华侨。

▲ 北京语言学院日语班合影。作者为第三排左五

一个医生的诗

硬化治疗食管静脉曲张破裂出血

食管静脉曲张，病在硬化肝脏。

一旦破裂心里慌，近半止血无望。

汉堡教授来访，理念技巧超强。

硬化治疗新导向，根治迎来曙光。

药入曲张静脉，栓塞血管内腔。

手术看得心发痒，跃跃欲试要上。

面对期待目光，技术准备妥当。

风险虽大不彷徨，疗效果真挺棒。

（1986 年 9 月 18 日）

注：1983 年 5 月西德汉堡大学 Soehendra（兰庆民）教授来华讲学，并在协和医院、宣武医院现场操作，重点表演了内镜止血手法。我有幸全程学习并在宣武医院现场操作台上做助手。之后着手硬化治疗食管静脉曲张破裂出血的各项准备，终于在 1986 年开始此项工作。

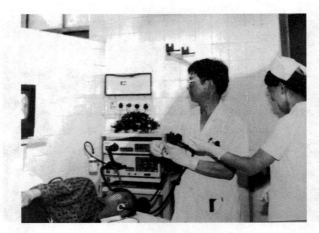

▲ 内镜下食管静脉曲张硬化治疗

临江仙·长城

逶迤长城跨万里，见证代代英雄。
前仆后继舍性命。
千古传唱事，精忠报国情。
烽火台上人如织，慨叹中华文明。
风烟不再国强盛。
百姓思安居，世上无战争。

（1988年3月26日）

▲ 陪同日本川崎医大来访教授登长城。作者为左一

鹧鸪天·初做科主任

一纸任命在手中，千头万绪难从容。
开诚布公谈发展，团结做强成愿景。
医教研，排轻重，科室进退看作风。
梯队培养作抓手，领跑有赖功夫硬。

（1989年12月1日）

◀ 讨论病例

◀ 宣武医院消化内镜
团队。作者为左一

◀ 科室成员出席学
术会议。作者为左四

创建消化重症监护室

出血来到消化科，十万火急误不得。
危重瞬息症候改，集中管理好操作。
专人专岗观察细，病情变化早掌握。
创建专科监护室，强烈申请理由多。
克服初始起步难，诊疗程序循规则。
环境宽松便抢救，提高治愈利患者。
业务培训规范化，设施配套渐规模。
逐步完善各制度，京城医院第一个。

（1990 年 5 月 1 日）

注：每年消化科收治 300 多例消化道出血患者，分散住在普通病房内，由于出血患者病情变化快，观察不仔细容易贻误抢救时机。强烈希望成立集中管理病房，安排专职医护诊治。因此于 1990 年 5 月建立了消化专科重症监护室并逐渐完善。这也是在北京的医院中最早建立的消化专科重症监护室。

▲ 当年消化病房的医生团队

▲ 当年创业奋斗的同事们

出席北京第一届国际治疗内镜及消化病学术会议

国际内镜消化会，首次盛装北京开。

各国代表纷杳至，大师轮番上讲台。

报告凸显新技术，太多传统认知改。

治疗操作看示范，如临其境赞精彩。

环顾诸多年轻脸，感慨业界更替快。

如饥似渴补短板，深思如何跟时代。

中插幻灯读片赛，慧眼鉴别比能耐。

数百同道闭卷考，获奖第二挺意外。

（1990 年 10 月 15 日）

　　注：中华消化内镜学会和香港消化内镜学会共同组织的第一届国际治疗内镜及消化病学术会议于 1990 年 10 月 9 日至 12 日在北京举行，有来自日本、美国、英国、苏联、印度尼西亚、菲律宾、印度、伊朗、韩国、巴基斯坦、中国等共 400 余人参加，会议包括现代诊断治疗内镜现场操作示范、论文报

告、专题讲座等等。

会议期间进行一次现场内镜幻灯读片比赛，全体参会代表当场限时填写试卷。没想到获得第二名，并接受香港消化内镜学会会长曹世植教授的颁奖。

北京站迎接妻子出国进修归来

挤在月台人流中，兴奋接站妻回京。
赴德研修十五月，刻骨相思两地同。
望眼欲穿车进站，倩影飞下一阵风。
相拥无语泪成线，有如炼狱铸人生。

（1990 年 11 月 10 日）

注：妻（北大人民医院内分泌科医生）在德国埃森大学内分泌科研修15 个月结束，乘火车辗转一周回到北京。

扩张治疗顽症贲门失弛缓

顽症贲门失弛缓，病在食水下咽难。
进餐哽噎餐后吐，夜间呛醒不入眠。
中医西药无特效，营养不良体重减。
传统重症需开胸，术后反流也心烦。

气囊扩张新方法，日本曾见缺实践。
面对渴望求助眼，风险再大要攻关。
器械进口无代理，填补空白求木原。
不想信发半月后，无偿寄到手里边。

日美文献认真读，安全要点记心间。

结合国人特异性，压力加到合适点。

初治几例获成功，正常大口能吃饭。

奇异疗效上报纸，患者闻讯涌我院。

（1992年5月8日）

　　注：气囊扩张治疗贲门失弛缓症是国外开拓的有效治疗技术，当时国内尚未开展，由于找不到公司代理无法购买气囊扩张器，求助在日本川崎医科大学进修时的老师木原疆教授，2周后，价值人民币万元的设备赠寄到宣武医院消化科。

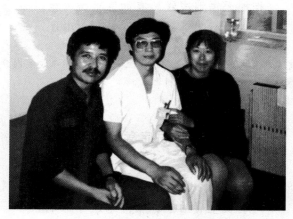

▲ 与扩张治疗治愈的患者（右）及家属合影

重症急性胰腺炎生死体验

胃镜紧张操作后，突然冷汗气不够。

急查血压心电图，已现休克全征候。

午后渐现上腹痛，胰腺炎症险遗漏。

持续高热药难退，多量渗液聚胰周。

超声引导抽积液，培养阴性免手术。

腹痛难熬思后事，可怜妻子日消瘦。

全身置管一月余，中西合力症渐收。

感恩外科监护室，酷夏重生走下楼。

（1992 年 10 月 1 日）

注：盛夏 8 月，正全神操作胃镜中，突然冒冷汗、胸闷气短，并很快出现心率加快、血压下降等休克症状，后出现上腹痛，淀粉酶升高。B 超、CT 扫描显示胰腺周围大量渗液，被诊断为重症急性胰腺炎。在外科监护室治疗 1 个多月痊愈出院。

有感与王湘衡医师病中合影

柳叶刀尖数十年，三分地狱七分天。

悬壶济世德为本，生花妙笔写清廉。

昔日神方君救我，今朝病榻我伴君。

莫叹坎坷路难行，平凡人生苦与甘。

（1994 年 5 月 1 日）

注：王湘衡，宣武医院外科主任医师，擅长中西医结合治疗，业余书法家，信奉天主教，"文革"期间遭受迫害关押。因胃癌手术住院。1992 年我患急性胰腺炎时曾主管我的治疗。

▲ 与病中的王湘衡医生（左）

西江月·出席第十届世界胃肠病学大会

万人胃肠大会，洛杉矶市承载。

不同肤色医者来，场面宏大气派。

创新研究报告，内镜演示登台。

上下互动尤精彩，视野豁然打开。

（1994 年 10 月 15 日）

注：第十届世界胃肠病学大会于 1994 年 10 月 2 日至 7 日在美国加州洛杉矶市举行，第八届世界消化内镜会议和第五届世界结直肠会议也同时进行，在大会前后还有一系列卫星会议和专题会议。本次会议盛况空前，与会代表 1 万余名。我国有 200 余名代表参加。

▲ 在第十届世界胃肠病学大会展厅

游红螺寺

红螺寺中觅红螺，红螺早已成传说。
青山苍茫松竹翠，碧水涟漪泛清波。
千年古刹香火盛，静穆佛堂愿求多。
总是忙累远足少，数月心乏今解脱。

（1995年8月12日）

▲ 游红螺寺

反流性食管炎有感

反流食管炎，临床不少见。
症状亦普通，烧心加反酸。
国内罕报道，国外多文献。
认真做总结，镜下抓特点。

内镜杂志投，发表了心愿。
亚太专题会，受邀做发言。
交流全英语，年轻不畏难。
美国名刊登，欣喜做贡献。

（1996 年 5 月 1 日）

　　注：1993 年，一位美籍华人学者来访我院，问起中国反流性食管炎的发病情况。我说不少见，并展示自己内镜下拍摄的多个患者的食管炎症照片。他感到惊奇，说迄今未检索到中国的相关论文报道。谈话提醒我应该总结中国人群的反流性食管炎发病情况及特点。随即写出《反流性食管炎的内镜探讨》，投稿到内镜杂志（即后来的《中华消化内镜杂志》），10 个月后（1994 年）刊登。后应邀参加 1995 年 11 月在香港召开的亚太地区"酸相关疾病研讨会"，用英语报告了这篇论文。1996 年该论著全文在美国著名医学杂志 JAMA 刊出。

▲ 在亚太地区"酸相关疾病研讨会"（1995 年，香港）上。左起：张小晋（北京积水潭医院副院长兼消化科主任）、作者、梁丕霞（北京天坛医院消化科副主任）

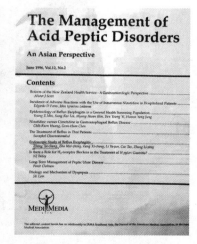

▲ 该论著英文全文 1996 年在美国著名医学杂志 JAMA 刊出

出席第十一届世界胃肠病学大会

消化盛会维也纳，学者云集奥地利。

匆匆穿过大展厅，主分会场无虚席。

演讲精彩观点新，互动讨论尤积极。

欧美学术在领跑，业界同行知差距。

几个场地来回换，按照日程选讲题。

目标清楚寻座位，盯着幻灯听英语。

担心失去重要点，零零散散做笔记。

短暂休息看展示，新型内镜亦神奇。

五天会议不动窝，眼干腰酸腿乏力。

新知囫囵先入脑，待回医院再疏理。

会后参观市区景，城市公园留记忆。

施特劳斯金像旁，哼起熟悉圆舞曲。

（1998 年 9 月 12 日）

注：1998 年 9 月 6 日至 11 日，第十一届世界胃肠病学大会在奥地利维也纳召开。

城市公园是维也纳纪念碑和雕塑最多的公园。公园内有众多名人塑像，最著名的是"华尔兹之王"约翰·施特劳斯的镀金塑像，俗称"小金人"。公园内还有许多其他音乐家的塑像，如古典音乐大师舒伯特、交响乐和宗教音乐作曲家布鲁克纳、轻歌剧作家雷哈尔和施多尔茨等。

▲ 在维也纳出席第十一届世界胃肠病学大会

▲ 约翰·施特劳斯的镀金塑像

喜获卫生部临床药理基地资质

药理基地说神秘，皆因资质贵且稀。
专家评审极严格，临床科室难获取。

各级医生送培训，申报材料准备齐。
认真筹划迎大考，成功通过庆胜利。

（2000 年 5 月 3 日）

支援西部——赴青海

助力西部大开发，出差青海不足夸。
组队中华医学会，飞机当天就抵达。
机场路边土坯房，沉重深感差距大。
带队德高曹会长，成员均为实干家。
活跃临床各分会，干活拼命口碑佳。
手术连台到深夜，查房讲座没说乏。
言传身教手把手，尽心尽力包消化。
多项技术进西宁，空白填补难计价。

（2000 年 8 月 30 日）

注：2000 年 8 月由中华医学会曹泽毅会长带队，由心血管内科、消化内科、肝胆外科、骨科、妇科、肿瘤科专家组成的支援西部地区医疗队共 10 人飞赴西宁，主要在青海省人民医院、青海医学院附属医院、青海红十字医院巡回做讲座、做手术、查房、手把手带教等。

◀中华医学会赴青海的部分医务人员。右四为曹泽毅会长，作者为左一

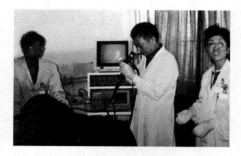

▲ 和青海省医生探讨内镜诊断。作者为右二

临江仙·感叹女儿美国哥伦比亚大学 MBA 毕业

书读何时称为好，进取永无止境。

万米高峰在胸中。

矢志上名校，考入常春藤。

重重困难怎跨越，个中滋味自明。

闪光证书让人敬。

转战华尔街，扬帆新征程。

（2001 年 5 月 30 日）

注：常春藤，指美国东北部八所一流大学，包括：哈佛大学、耶鲁大学、宾夕法尼亚大学、普林斯顿大学、哥伦比亚大学、布朗大学、达特茅斯学院、康奈尔大学。它们的历史悠久，治学严谨，教授水平高，学生质量好，有着优秀的声誉。

女儿在美国哥伦比亚大学 MBA 毕业之前，已被美国花旗集团投资银行聘用。

美国9·11事件心情实录

美国突陷噩梦中，惊恐彻夜盯荧屏。
飞机连撞双子塔，瞬间垮塌若山崩。
世贸中心成火海，痛哉当代多精英。
花旗投行也在列，女儿安危不知情。
担心难寐情焦躁，越洋电话拨不通。
凌晨四时报平安，瓦砾小伤实万幸。
纽约观光三月前，清晰留影该楼顶。
美好记忆引思考，民族如何更相容？

（2001年9月12日）

注：2001年9月11日纽约世贸双子大厦被两架飞机撞后起火倒塌的视频通宵反复播放，因担心在华尔街花旗集团投资银行工作的女儿彻夜无眠。直到凌晨四时电话才接通，得知女儿当时正和同事走在上班路上，被飞来的水泥碎块擦伤上肢出血，被一对好心美国人夫妇救助送往医院及时包扎。

贺汪家瑞教授七十寿诞

风雨颠簸七十年，历尽酸苦与甘甜。
杏林耕耘浩若海，一代名医苦修炼。
潜心研究心血管，恩泽内科一大片。
医学教育结硕果，桃李芬芳薪火传。

（2001年12月28日）

注：汪家瑞，宣武医院原副院长，大内科主任，心内科创始人，国内著名心内科专家。

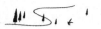

▲ 庆祝汪家瑞教授（第一排右二）七十寿诞。作者（第一排左二）

▲ 陪同汪家瑞教授（右一）会见日本川崎医科大学木原疆教授（中）

战非典

凶险非典突暴发，京城医院承重压。
百姓惊恐官员急，只缘驱邪少办法。
全民构建隔离带，科学防病不能怕。
集中收治重病患，指定两家大三甲。

临危受命我医院，全员宣誓国旗下。
立即改建隔离区，分秒必争抢上马。
一线忘我冲在前，二线决策责任大。
不舍昼夜全是爱，难在病情太复杂。

胸片即时传出来，群策群力来回答。
药用多少最合适，仔细斟酌选最佳。
呼吸衰竭肺实变，死亡边缘在挣扎。
气管插管呼吸机，竭尽全力往回拉。

着力监控重病区，中西结合个体化。
医护自身被隔离，想家只靠打电话。
决战两月终胜利，一个不少全回家。
难能科室得锻炼，庆功相拥飘泪花。

（2003 年 7 月 20 日）

注：北京非典期间，宣武医院和中日友好医院临时改造成只收治重症非典患者的定点医院。我有幸成为宣武医院抗击非典的专家组成员，昼夜值班，参与了全过程。

▲ 战斗在隔离区的一线医护人员

▲ 专家组全体战胜非典后的喜悦。作者为右二

◀ 在专家组值班

◀ 欢送最后一名非典患者治愈出院

南戴河有感

行色匆匆南戴河，黄金海岸趣事多。
细浪微风慢击水，非典疲惫尽洗脱。
放纵攀沙翡翠岛，忘年欢歌迪斯科。
老龙头上观御笔，千秋功罪今戏说。

（2003 年 7 月 26 日）

注：非典过后医院党委书记兼副院长王香平带职能科室及专家组成员南戴河休整 3 天。

▲ 南戴河攀登沙山

猴年有感

花甲忽至弹指间，未曾歇脚已到站。
坎坷征途只顾跑，求索没顾路艰难。
忙碌早忘添华发，依稀梦里返童年。
莫对黄昏说无奈，壮心夕阳谱新篇。

（2004 年春节）

注：今年满 60 岁，该退休了，认真想一想似有些计划中的事情没干完，抓紧时间吧。

庆祝《消化系统血管疾病》出版发行

消化系统血管病，散布寻常诊疗中。
部分罕见鉴别难，凸显凶险复杂性。
力求全面填空白，联合业界多精英。
科学实用观点新，欣慰专著今发行。

（2004 年 3 月 15 日）

注：与北京铁路总医院（现更名首都医科大学附属北京世纪坛医院）漆德芳教授联合主编的《消化系统血管疾病》由山东科学技术出版社出版发行。很是高兴和欣慰，这是自己参加主编的第一本专著。

有感参加起草卫生部
"内镜清洗消毒技术操作规范"

内镜洗消不简单，各行其是较混乱。

统一要求卫生部，抽调专家写规范。

成员组成多专业，消毒内镜和感染。

比对美国与日本，参照香港和台湾。

深入调查三城市，六家三甲同实验。

消毒之前重清洗，药剂推荐戊二醛。

反复讨论成初稿，院长座谈听意见。

其间让路战非典，待到颁布已三年。

（2004 年 4 月 15 日）

注：为统一内镜清洗消毒方法，卫生部自 2001 年 9 月起，由医政司领导，抽调消毒、消化内镜、感染每专业各 1~2 名专家共同起草"内镜清洗消毒技术操作规范"。消化内镜专业由我和中华医学会消化内镜学会主任委员于中麟教授参加。实地考察了北京、上海、保定 3 个城市各层次医院消毒状况。在北京对 2 家三甲医院国产洗消机洗消后培养及 4 家三甲医院手洗消毒实验的基础上，参阅大量国外文献，并和美国消毒专家座谈交流，2002 年下半年完成初稿。由于受 2003 年非典的影响，直到 2004 年 4 月文件才颁发。我参与了全过程，并根据调查和实验结果，执笔（第一作者）完成《内镜手工清洗消毒研究及自动清洗消毒效果抽样调查》论著一篇，发表在《中华消化内镜杂志》（2002-10，19 卷第 5 期 261~264）上。

贺于中麟教授从医五十周年

悬壶济世五十载，杏林耕耘浩若海。

潜心钻研内窥镜，一代大师展风采。

开拓进取不言倦，门前弟子多英才。

尤羡先生精气神，天高秋菊花盛开。

（2005 年 8 月 3 日）

注：于中麟，中华医学会消化内镜学会主任委员，首都医科大学附属北京友谊医院消化内科教授。

▲ 与于中麟教授（右）合影

《消化系统少见疾病》出版

消化疑难少见病，年轻医者常头痛。
误诊误治易走偏，正因临床稀缺性。
自诩行医数十载，步步如若履薄冰。
总结同道为参考，不枉费去几年功。

（2005 年 10 月）

注：2005 年我主编的《消化系统少见疾病》由山东科学技术出版社出版。

第三章

赴日本川崎医科大学进修

起 点

飞机晚点抵大阪，木原久久等对面。

激动握住先生手，嘘寒问暖很慈善。

目标冈山已不远，夜深搭上新干线。

思绪随车高速跑，寄望会是好开端。

（1986 年 11 月 14 日）

注：因气候原因北京飞机晚起飞，日本川崎医科大学消化科主任木原疆教授等在大阪机场一直等候近 5 个小时，看到这位年逾六旬的白发老人，内心触动，他就是我的指导老师。

日本川崎医科大学在冈山县。

同时赴日留学进修人员还有首都医科大学药学系孙颂三副教授、北京天坛医院神经内科医生王锐。

▲ 和木原疆教授（左二）在大阪机场。作者为左一

感 受

初到日本心里慌，语言生涩嘴难张。

设施差距且莫想，技术跟进要担当。

（1986 年 12 月 5 日）

▲ 在日本川崎医科大学主楼前合影。作者为右一

西江月·川崎学园忘年会

传统忘年会上，留学学子演唱。

北国之春获赞扬，原汁原味挺棒。

初尝生鱼鲜美，清酒让人发狂。

干杯过后精神爽，再添一碗酱汤。

（1986 年 12 月 30 日）

注：忘年会是日本的传统习俗，和日本的新年会一样都是日本传统习俗中行事的重要部分。川崎学园的忘年会是年底举行的重要聚会活动，回顾过去一年的成绩、迎接新一年的挑战。内容包括医大师生和附属医院职员的联欢表演和晚餐会。联欢会上我们 5 个留学人员（北京的 3 人、上海的 2 人）用日语合唱《北国之春》，受好评。

▲ 忘年会上中国留学人员用日语合唱《北国之春》。作者为左二

京都印象

古都风貌完整存，现代风格巧相邻。
错落有致和谐景，整洁礼貌叹人民。

（1987年1月10日）

注：与同事去京都大学出差顺便游览京都。

▲ 京都大学医学部附属医院　　　　　　▲ 京都观光

挂　念

雨点淅沥敲窗沿，西风呼叫楼外边。
午夜新闻已结束，辗转反侧难入眠。
生活学习渐适应，异国三月初体验。
日语听说尚磕绊，最苦是过孤独关。

机场离别瘦弱影，几回梦中又相见。
日久月深睡不够，怎把家事一身担。
儿女成长可顺遂，读书有否遇困难？
心境不宁翻日历，思绪全在海对面。

（1987年2月12日）

西江月·紧急施救

先生外地讲学，随同聆听受教。

晚宴举杯正说笑，邻座理事猝倒。

立断心脏骤停，出手争分夺秒。

胸外按压得复跳，异国功夫写照。

（1987 年 5 月 11 日）

注：1987 年 4 月 18 日下午随木原疆教授去外地讲学，学术报告后当地医师学会设晚宴招待，席间邻座一位老年理事突然倒地，心搏骤停。当时在座均为老年学者，我当即施与胸外按压心脏复苏并坚持到急救车到来。三周后，患者心肌梗死痊愈出院。医师学会代表及家属专程到川崎医大致谢。当时我在内镜中心，没在现场。之后，大学秘书处的工作人员把 1 万日元酬谢金转送到我的手中。信封标明感谢中国留学生张先生。

参观藤泽市聂耳纪念碑

东京城外邻里乡，小镇不大名声响。

聂耳溺亡碑铭志，激昂国歌曲飞扬。

（1987 年 8 月 30 日）

注：随木原疆教授去东京参加学术会议，会后木原带我游览东京并特意到邻近小城藤泽市参观中国音乐家聂耳纪念碑。聂耳于 1935 年夏天在藤泽海滨游泳时不幸溺水身亡。

▲ 聂耳纪念碑前

异国中秋

学园庆典逢中秋，彩旗飒飒飘气球。

烧烤篝火情愈热，际遇高层心交流。

异国举杯对圆月，啤酒醉我消乡愁。

神州西望无言语，明朝喜鹊唱枝头。

（1987 年 10 月 10 日）

注：川崎学园校庆恰逢中秋节，在操场举办篝火晚会，学园理事长川崎祐宣和医科大学校长柴田进与全校师生举杯庆祝，并与中国进修人员长时间交谈。

因出国学习时国内还相当贫穷落后，一般家庭没有电话，出国一年没有和家人通过电话。联系全靠书信往来，一般航空信要走1周，普通信要3~4周。这里借喜鹊唱枝头来祝福家人好运喜庆。

▲ 中国留学生与川崎祐宣理事长（中）和柴田进校长（右
一）举杯。作者为右二

参观广岛原子弹爆炸遗址

触景生情蘑菇云，原爆遗址今亲临。
残垣败壁昭天下，不义战火仍惊魂。

（1987 年 10 月 26 日）

注：日本朋友上吹越国夫开车带我们参观广岛原子弹爆炸遗址。

◀ 参观广岛原子弹爆炸遗址。左二为日
本朋友上吹越国夫，作者为右二

木原疆教授

千里进修来日本，初次见面印象深。
接机等候五小时，木原言行感人心。
年龄已过一甲子，活力四射眼有神。
话语不多却幽默，句句叮嘱甚中肯。

临床技术很全面，医疗行为极严谨。
不仅操作内窥镜，胃肠造影亲上阵。
科室管理尤严格，业务能力高威信。
入院检查快通道，病案次晨能讨论。

消化床位四十张，查房不漏一病人。
走到床前先鞠躬，一下感情就拉近。
疑难危重病患者，全科上下一股劲。
有时意见难统一，木原一锤则定音。

耐心沟通解释够，门诊病房无纠纷。
医患关系能和谐，根在彼此多信任。
医生和蔼且亲切，病家感动亦感恩。
即使病情有发展，病治不了不怨恨。

胃肠免疫主方向，博士学子有一群。
专题报告或讲座，实用结合耳目新。
留学美国英语好，自学大致通中文。
每天骑车上下班，教授中间更难寻。

跟着木原四处走，点点滴滴看得真。
专业技术亲指教，生活细节过问勤。
异国处处得关照，口说感谢意难尽。
牢记先生行医范，诚勤严精做学问。

（1987年11月5日）

注：川崎医大医生基本都开车上下班，骑自行车者木原是教授中唯一人。

▲ 木原疆教授（第一排左二）组织病历讨论。作者为第一排右二

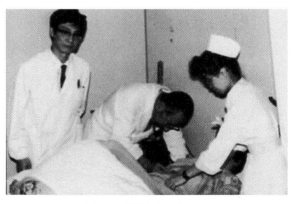

▲ 随木原疆教授查房。作者为左一

川崎医大进修感言

哪顾孤独苦煎熬，理念新知涌如潮。
重在内镜找差距，紧盯荧屏学技巧。
加入日本医学会，期刊每月都收到。
讲座寻机多聆听，交流讨论得提高。

医疗安全排第一，中心理念服务好。
医护配合全到位，医患冲突没见着。
知情同意无遗漏，认真交流心为桥。
医疗神圣全社会，医生护士都自豪。

先生严谨且妙手，诊断证据先抓牢。
查房不漏一患者，认真热情多礼貌。
疑难病上联席会，各科神仙出高招。
一切归于制度化，后辈上升有通道。

向晚淘金图书馆，夜半灯下做摘抄。
点滴体会全记录，少见图片留拍照。
日语说写虽初步，论文两篇已校稿。
文案资料日增厚，称重方惊人瘦了。

紧紧张张一年过，言传身教暗记牢。

校赠陶瓶心珍爱，真情厚谊难忘掉。

认真梳理收获多，感谢只憾言词少。

含泪举杯依依别，回国开展作回报。

（1987年11月15日）

注：每周一下午有学科联席会，参加者包括消化科、普外科、超声科、放射科、核医学科、病理科等相关科室。讨论有关病例及上一周讨论过的疑难重症病例的进展或手术情况。

▲ 欢送会上。木原疆教授（中），作者为右一

西江月·归途鉴真号

依依告别冈山，已然归心似箭。

百感交集我凭栏，挥之不去留恋。

海豚跃出水面，朝霞色彩斑斓。

痴迷放眼思万千，事业可该扬帆。

（1987 年 11 月 18 日）

注：进修结束乘日本客船"鉴真号"回国。

▲ 日本客船"鉴真号"上

第四章

退休初期

狗年迎春

岁交丙戌人安泰，狗唤紫气东方来。

健宫华堂结异彩，凤凰玉树花盛开。

身体健康常如意，自强奋进情满怀。

同心携手贺新禧，发展之中求存在。

（2006 年 1 月 24 日）

注：退休后反聘为凤凰医疗集团北京市健宫医院消化内科主任后迎来的第一个春节，此诗在消化内科春节聚会时朗读。

2005 年回顾兼辞旧迎新

（一）

又临岁末飞雪天，无奈二○○五年。

已是年老爱忘事，心静如水少波澜。

忽见邻家更福字，亦展笔墨写新联。

世间百态且冷眼，万物放开心地宽。

（二）

爆竹声闹除夕夜，流光溢彩荧光屏。

钟声该是大钟寺，催震新春万物醒。

拜年短信挤成串，压岁红包早备成。

电话最盼外孙喊，千里难阻隔代情。

（2006 年 1 月 28 日）

注：写了自己刚刚退休不久，似有些无奈的心情。女儿家在外地，春节没有回北京。

健康老年生活

奔波劳碌几十年，走到今天不简单。
感叹改革开放好，衣食住行得改善。
已然退休角色改，赶快适应急转弯。
情绪影响全家人，家庭温馨金不换。

老年夫妻不容易，学会欣赏另一半。
彼此之间多体贴，家务主动多做点。
对方的好挂嘴边，有错提醒不纠缠。
夫妻坦诚是基点，小窝终生需共建。

儿女的事多关心，尽量帮忙少埋怨。
照料隔代当量力，大包大揽不称赞。
观念代沟很自然，耐心沟通不内战。
若能经常回家来，吵点累点别嫌乱。

家家都有难念经，如何化解看谋算。
遇事冷静多商量，不瞎着急不独断。
亲朋发展有快慢，平心静气少比攀。
愿望暂时达不到，顺其自然别郁闷。

个人卫生别小看，双脚清洁牙齿健。
走过有如清风吹，生活习性最相关。
勤换衣袜勤洗澡，自己家人都舒坦。
窗门常开气常换，起居睡眠才安然。

睡觉打呼该重视，呼噜吵己更吵人。
仰卧易引舌后坠，堵塞气道藏危险。
严重呼吸会暂停，影响心脑诸器官。
睡时注意侧身躺，适当减肥助改善。

不良嗜好不沾边，烟该远离酒不贪。
不要乱吃保健品，有病主动去医院。
血糖血脂定期查，天天观察大小便。
年年不忘做体检，有病做到早发现。

少糖少盐少食油，饭八成饱宜清淡。
牛奶豆浆能壮骨，酸奶通便还养颜。
红肉适量一个蛋，鱼虾务必得新鲜。
每人每日一斤菜，蒸煮凉拌加点蒜。

如厕尽量用坐便，养成定时好习惯。
自然排出少用力，使劲过大生事端。
食物增加纤维素，玉米地瓜和麦片。
常吃萝卜多饮水，避免便秘成负担。

年老多见尿次频，不算毛病心里烦。
有尿尽早找厕所，憋尿伤害前列腺。
内痔外痔亦常见，若无大碍别担心。
一旦大便见到血，结肠镜后才心安。

上下楼梯防跌倒，变换体位应缓慢。
金鸡独立立不稳，裤子切莫站着穿。

弯腰提物讲姿势，时时保护椎间盘。
晚上热水泡泡脚，改善循环助睡眠。

适量运动很重要，坚持做操打打拳。
条件允许游游泳，利用器材健健身。
早晚走步半小时，效果好且省时间。
锻炼选对一两种，持之以恒最关键。

趁着眼前身健康，新的景点去看看。
外出别忘带瓶水，定时喝水成习惯。
强光底下戴墨镜，注意防护紫外线。
老年爬山风险大，双膝关节易磨损。

国家大事该关注，电视新闻每天看。
读书看报要思考，脑筋需跟眼睛转。
诗词书画有深浅，随兴写作当消遣。
经常练字手不抖，照着字帖描几篇。

听听音乐唱唱歌，即或走调亦欣然。
周末与友聚一聚，关心事由也侃侃。
同学同事常联系，珍视稳固交流圈。
精力体力有富裕，社会工作可做点。

陈年往事成记忆，少些牢骚少不满。
名利面子都看轻，胸襟大度天地宽。
偶遇不爽不计较，高高兴兴每一天。
懂得感恩才幸福，乐在家人都平安。

（2006 年 9 月 18 日）

人生回想

少小有理想，学业是希望。
不倦在攀登，年轻工作狂。
岁月多艰辛，转眼鬓发苍。
情牵爱妻手，平安迎夕阳。

（2006 年 10 月 14 日）

给爱妻

看似娴静温柔，时而脾气也大。
急时还会高声喊，少了淑女文雅。
家庭领导是她，一般说啥是啥。
民主作风常缺乏，先生岂能不怕？
善良高洁干练，行医口碑很佳。
日月催人生白发，心疼瘦比黄花。
莫叹夕阳西下，感情仍需孵化。
平淡生活有浪花，贵在欣赏接纳。

（2007 年 3 月 25 日）

▲ 妻在欧洲出席学术会议

给孩子

（一）女儿

任性执着泼辣，自小没少挨打。
男孩脾气女儿家，从来啥都不怕。
良好基础打下，考场潜能激发。
金榜题名总有她，贵在学有方法。
天生丽质无瑕，事业家庭俱佳。
所向披靡像妈妈，遗传倾向真大。
还好经常回家，特别盼来电话。
大喊大叫习惯啦，牵挂人在天涯。

（二）儿子

动荡年代生下，全家宝贝疙瘩。
牛奶鸡蛋都让他，个头没长太大。
自幼喜欢画画，思想单纯空乏。
获誉千名小画家，艺术修养不差。
从来不多说话，内心追求高雅。
讲究品牌气质佳，英俊透着潇洒。
诚信努力豁达，也少张扬浮夸。
年年获奖海外游，成熟尚需教化。

（2007 年 3 月 26 日）

注：小学五年级选送水彩画获小画家称号。

▲ 姐弟俩

▲ 小画家称号证书

有感《实用大肠肛门病学》出版

大肠肛门病高发，临床征象常复杂。

检查技术进展快，诊疗决断时难下。

联合高手多学科，均为一线实干家。

图文并茂观念新，实用易读方便查。

（2007 年 6 月 25 日）

注：历经 2 年在国内近 50 位著名专家鼎力支持和参与下，由我主编的《实用大肠肛门病学》由北京科学技术出版社出版。

勉纹凯　写给病中爱妻

好誉大师辨证神，
人倦心乏足下沉。
一句祝福今生愿，
生涯漫漫爱永存。
平稳康复待时日，
安宁静心最当真。

（2009 年 6 月 9 日）

注：为藏头诗。

建国六十年大庆并中秋节抒怀

风雨沧桑六十年，盛世佳节忆苦甜。
华夏子孙强国梦，改革开放得实现。
团结打拼不折腾，阶级斗争且再见。
和谐社会生财富，今夕花好月正圆。

（2009 年中秋）

开展老人无痛胃肠镜

老人无痛胃肠镜，两年期盼准备中。
心肺功能先掌控，气道始终保畅通。
静脉用药巧选择，精心磨合找异同。
安全舒适高水准，获赞始觉事成功。

（2010 年 5 月 1 日）

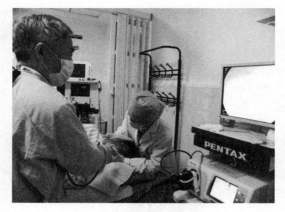

▲ 无痛胃镜操作

JCI 有感

国际认证到医院，起初接受有点难。
条例章程要入脑，各个环节循规范。
医疗安全贯始终，病案数据全在线。
标准体现日常化，无限受益在身边。

（2010 年 7 月 30 日）

注：JCI 是国际医疗卫生机构认证联合委员会（Joint Commission on Accreditation of Healthcare Organizations，简称 JCAHO）用于对美国以外的医疗机构进行认证的附属机构。

悼慈母

慈母九旬难永年，西去突然中秋前。
昨晚膝前谆谆语，今晨阴阳两地分。

强忍哀痛追旧事，勤劳节俭家风传。

遥祝与父好团聚，天亦动容雨绵绵。

（2010 年 9 月 21 日）

注：2010 年 9 月 21 日清晨，93 岁的母亲去世。

有感日本大地震

九级地震日本岛，十米浊浪掀海啸。

生灵涂炭眨眼间，天地无常人渺小。

饥寒交迫民自律，紧张救助求周到。

雪上加霜核泄漏，近邻中国当思考。

（2011 年 3 月 20 日）

注：日本大地震，指日本当地时间 2011 年 3 月 11 日 14 时 46 分（北京时间 13 时 46 分），在日本东北部太平洋海域发生的里氏 9.0 级地震。地震引发海啸，造成重大人员伤亡和财产损失。地震震中位于日本宫城县以东太平洋海域，震源深度 20 公里。东京有强烈震感。地震引发的海啸影响到太平洋沿岸的大部分地区。地震造成日本福岛第一核电站发生核泄漏事故。

携妻春游紫竹院

柳丝轻摇拂面来，碧水微澜映云彩。

清香淡雅梨花放，悠然牵手漫徘徊。

（2011 年 4 月 2 日）

结婚纪念日有感

大师墨宝赞仁心，天下谁人不识君。
正逢结婚纪念日，双影对酌在郭林。
相濡以沫从医路，术业专攻多艰辛。
健康饮食常运动，学无止境再耕耘。

（2013 年 6 月 18 日）

注：结婚纪念日夫妻在"郭林家常菜"小酌，恰妻获赠书法大师丁根牢墨宝"天下谁人不识君"随感。

▲ 书法大师丁根牢墨宝"天下谁人不识君"

▲ 结婚纪念日

老同学聚会有感

相识五十年，记忆似昨天。
筑梦二军大，术业苦登攀。
可叹天骄子，横遭"文革"乱。
五载手足情，离分难顾盼。

半世被折腾，改革逢机缘。
尴尬成功事，过往已如烟。
辉煌或平凡，同步归原点。
白发再聚首，哽咽道平安。

▲ 聚会时发言并朗读《老同学聚会有感》

▲ 重返母校二军大（军医 63 大队 2 中队合影，2013 年）

▲ 再次走进当年的操场

▲ 和同学参观校史馆

◀ 聚会期间，
参观周庄，与同
学留影

喜获大学同窗王香谷诗词有感

学兄当年鹤不群，笔下生花满经纶。
今日读君诗词赋，字字珠玑句句金。

（2014 年 1 月 15 日）

注：王香谷，大学同学，江苏东台人，现侨居澳大利亚，诗词书法造诣很高。

看老焦

春节拜年看老焦，高高兴兴包水饺。
共忆同窗有趣事，半个世纪没忘了。
学兄精神身体棒，严冬坚持冷水澡。
退休仍在忙事业，感恩改革开放好。
年轻老伴管家忙，唱歌还喜跳舞蹈。
有些观念待更新，房间太满难下脚。
闲置单车墙上挂，两套沙发厅显小。
不用物品宜处理，留出空间才是宝。

（2014 年春节）

注：2014 年的正月初三夫妻拜访大学同学焦天一，焦天一是北京人，大学同组同学，毕业分配在西藏军区边防军营卫生所，曾荣立三等功。转业回京在工厂医院工作。下面为 2014 年春节焦天一作诗《回泰昌》。

迎春时节会贵友，粗茶淡饭来招待。
学员生活情意真，五年兄弟互关爱。
浅酌红酒谈往事，相聚是福福常在。

物物寄情时时念，勤俭持家难舍弃。

感谢老张来指点，更新观念赶时代。

泰昌纹凯精神爽，事业生活两相宜。

老哥我要学榜样，明年春天等你来。

▲ 2014年春节在焦天一（中）家中

朱美中大夫患病

惊闻美中大手术，着急紧张更担忧。

古稀之年遇困难，恳求上天能护佑。

昔日创建消化科，热情帮扶无保留。

事事件件刻脑海，误解没能讲缘由。

专业技术很优秀，内镜操作更娴熟。

快言快语快节奏，敢作敢当敢出头。

上下左右好人脉，碰事从来不发愁。

放宽心地有神助，积极康复乐观求。

（2014年2月7日）

注：朱美中（女），宣武医院消化内科主任医师。

北京雾霾

清晨出诊去京西，林立楼宇轮廓虚。
高速尾气烟袅袅，口罩行人眼迷离。
油条煎饼街边火，熙熙攘攘吃相急。
重度雾霾已七天，预警蹦到橙色级。

减少活动少开窗，学生集体免体育。
人老胸闷嗓子痒，无奈学用净化器。
不少大款办移民，购房海南也有理。
给力得求风或雨，百姓着急盼治理。

（2014 年 2 月 26 日）

正月春雨

如丝小雨两时后，持续七天雾霾走。
开大窗子深吸气，脑爽心舒快下楼。
月儿弯弯迎笑脸，久违星星也点头。
老伴兴奋忙拍照，春雨果真贵如油。

（2014 年 2 月 27 日）

▲ 雨后夜景

女儿网购有感

电话铃儿声不断，还是女儿秀缠绵。
真情真意真孝顺，幸福网购实方便。
电脑刚换大屏幕，悦耳音响起和弦。
快递又送净化器，需求书籍隔天见。
内衣背心贴身暖，鞋儿足够穿两年。
思如潮涌难入梦，半生清苦今改变。
岁月奔波不停脚，老来只求都平安。
万千心语寄香港，父母健康少挂念。

（2014年3月19日）

注：女儿在中国香港工作。

西江月·重游海棠花溪

朝阳冉冉升起，万物勃勃生机。
漫步清新空气里，重游海棠花溪。

树树红粉错落，朵朵清雅俏丽。

快门按下真情趣，憨态透着甜蜜。

（2014 年 4 月 5 日）

▲ 海棠花溪

清明扫墓

又是一年清明来，祭扫先人墓地哀。

清水墓碑擦几遍，只怕墓室有尘埃。

花环围上供品摆，天堂生活怎安排？

鞠躬上香虔心拜，亲情记忆难忘怀。

（2014 年 4 月 7 日）

北京今春暖得早

北京今春暖得早，迎春心理没做好。
梧桐树叶刚长出，各种树花盛开了。
姹紫嫣红竞芳菲，目不暇接一股脑。
一马当先山桃笑，玉兰紧随显孤傲。
冷艳梨花敢欺雪，厚重樱花枝弯腰。
淡雅清幽紫叶李，红苞粉蕊海棠俏。
沁人心脾醉丁香，大红富贵属碧桃。
万紫千红仓促去，转眼换装绿丝绦。

北京今春暖得早，四月初始骄阳照。
气温超过三十度，尘封纪录打破了。
小伙换上体恤装，步履匆匆快如跑。
姑娘短裙好身姿，高跟状若踩高跷。
满脸稚气小黄帽，个儿追上妈妈高。
川流不停驾车族，事业应入快车道。
几乎人手一手机，或看或聊或拍照。
春光流动不停息，个人蓝图该画好。

北京今春暖得早，季节病较往年少。
口罩出行成一景，只因雾霾常滋扰。
牛奶果蔬在提价，交通拥堵改善小。
国外旅团已少见，人口明显更多了。
无论地铁哪条线，高峰时段都煎熬。
好在人们已习惯，默默排队没牢骚。

超大城市治理难，功能面临大改造。
抓住机遇中国梦，百姓宜居最重要。

北京今春暖得早，轻装照样单位跑。
工作不仅是惯性，延缓痴呆与衰老。
偶尔公园去转转，春游赏花去疲劳。
新鲜事物要学习，网络邮件真不少。
刚刚加入微信群，门槛确实有点高。
抓空写写毛笔字，坚持走步经络操。
儿女频频送网购，快递多了也烦恼。
亲朋也劝住海南，总信首都会变好。

（2014 年 4 月 12 日）

西江月·自勉

说话睿智风趣，行事彰显活力。
毕生积淀存底气，不乏难病处理。
凡事平常心态，主动放下舍弃。
白发相守最珍惜，贵在心有灵犀。

（2014 年 4 月 16 日）

给一老者肠镜下切息肉

已然退休未还乡，内镜操作也平常。
八旬老翁来求治，便中带血家人慌。

谨慎无痛结肠镜，却遇黑变九曲肠。

虽汗津津终解惑，息肉灼除心敞亮。

（2014 年 4 月 18 日）

注：黑变，结肠黑变病，结肠黏膜呈黑褐色。

西江月·紫竹院晨游

丝竹声声缭绕，鹩哥学说你早。

柳梢入水鱼儿跳，几位雅人垂钓。

太极云手飘逸，舞姿健美轻巧。

偏爱园家豆腐脑，浑然休闲情调。

（2014 年 4 月 27 日）

注：紫竹院公园有早餐小吃店，很喜欢那里的油条豆腐脑。

▲ 与妻紫竹院合影

买菜遭雨

阵雨如豆雷声滚，阳伞太小不遮身。
权且罩头衣裤透，匆忙难顾鞋儿新。
归家似箭急火火，果蔬小车水淋淋。
推门老伴可怜望，自嘲小诗寻开心。

（2014 年 5 月 1 日）

雨后散步

雨后清新满院绿，妻子催促快出去。
日月同辉美黄昏，小草大树比神气。
砖路潮润无浮土，高楼如同披新衣。
孩童院中追逐跑，摔倒衣裤不见泥。

挺胸抬头腿轻快，腰身扭动显滑稽。
自娱自乐自然美，身心放松真惬意。
匆忙一生多拼搏，是非成败少算计。
七旬仍难全放下，医者常常忘自己。

（2014 年 5 月 5 日）

妻行医照有感

聪慧过人不张扬，心地善良目慈祥。
医术精湛运思巧，世家基因传承强。

（2014 年 5 月 11 日）

注：妻出身医学世家，祖父、伯父、父母皆是医生。

▲ 妻工作照

西江月·听外孙女弹奏钢琴联想

琴键轻快跳跃，声音悦耳流畅。
有如泉水叮咚响，美好令人向往。
短裙田园蹦跳，发辫花间飘荡。
活泼六岁小姑娘，忘情明媚春光。

（2014 年 5 月 27 日）

西江月·门头沟区医院出诊

门头沟区医院，医疗大楼扩建。
环境人气好于前，诸多技术拓展。
每周出诊半天，车子接送方便。
常要查房说意见，乐得释放经验。

（2014 年 5 月 28 日）

十六字令　手（三首）

手，灵巧十指键盘走。
处方间，解病痛烦愁。

手，握紧内镜胃肠走。
稳准快，命系在上头。

手，半个世纪牵着走。
你与我，甘苦相知透。

（2014 年 6 月 5 日）

注：你与我，指妻子与作者。

女儿出差回家

女儿出差很匆忙，抽空回家看爹娘。
礼品衣物带一堆，须得费神好收藏。
晚餐唐宫新世纪，阿拉斯加蟹难忘。
满足不忘留个影，幸福相聚喜洋洋。

（2014 年 6 月 11 日）

▲ 作者与妻，和女儿共用晚餐照片

巴西世界杯有感

世界热点聚巴西，足球强国拼高低。
中国记者遭尴尬，你们咋也来这里？
盛宴国足作观众，百姓无语盼雄起。
京城酒吧看直播，夜查酒驾很严厉。

（2014 年 6 月 16 日）

注：2014 年巴西世界杯是第 20 届世界杯足球赛。中国球队没出线，未能参加比赛。

八一节的话

又是一年八一到，泰昌纹凯来问好。
微信热语已满屏，我俩真诚凑热闹。
人老记忆难追回，军大日子常闪耀。
六三大队烙印深，半个世纪刻入脑。

当年入学初相识，个个精灵全有料。
仰望名师听大课，笑迎各科层层考。
挥汗刻苦实验室，全员成绩堪骄傲。
紧急集合三分钟，背起背包拉练跑。

气势豪迈天骄子，报国志向比天高。
突然"文革"规矩乱，匆匆毕业心长草。
连队锻炼没丢分，基层医疗狠改造。

学非所用心不甘，军医六年转业了。

地方拼搏几十载，当兵习惯没磨掉。
忆旧思今浮百感，曾为一兵也自豪。
而今退休换主题，精神充实最重要。
吃好睡好巧运动，中华复兴能看到。

（2014 年 8 月 1 日）

注：为庆祝"八一建军节"而发到二军大同学微信群。

打虎感怀

当年"文化大革命"，国家罩在乱局中。
百姓贫困待温饱，想着人类要大同。
改革开放国家富，物质多了难从容。
行业追利信仰少，规则缺陷腐败生。

治党治军打老虎，一抓到底不放松。
万众激情已唤起，民主法制中国梦。
擦亮老眼且静观，风云变幻心坚定。
教育后代当自律，清白做人少钻营。

（2014 年 8 月 3 日）

阮郎归·云南鲁甸 6.5 级地震所思

云南鲁甸遭地震，实景撼国民。
瓦砾成片碎人心，总理已亲临。

伤亡大，救助真，军民齐上阵。

天灾面前人坚韧，山区待脱贫。

（2014 年 8 月 8 日）

注：2014 年 8 月 3 日 16 时 30 分，在云南省昭通市鲁甸县（北纬 27.1 度，东经 103.3 度）发生里氏 6.5 级地震。

临江仙·入秋遐想

碧绿繁茂枝叶壮，伏中悄然入秋。

晨夕丝丝凉意有。

盛夏将作别，万物迎丰收。

白发医院献余热，身心充实自由。

防痴注重多交流。

古稀将跨进，人当更成熟。

（2014 年 8 月 11 日）

自画像

望触叩听几十秋，胃肠病痛解缘由。

内镜操控手未抖，慎思笃行永追求。

经年平淡偶出彩，无奈也曾遇寒流。

医林古稀终不悔，真诚患者情依旧。

（2014 年 8 月 15 日）

▲ 作者

中秋祝福

笑迎中秋佳节来，遗憾京城时有霾。
家庭团圆盼明月，儿孙绕膝该开怀。
世界纷争频战火，和平中国反腐败。
国泰民安当知福，人老健康最实在。

感谢微信传友情，今日人生多精彩。
聊天常到忘我时，如若青春又回来。
热语祝福情真切，感慨各位太有才。
晶莹白发对满月，享受人生别等待。

（2014 年 9 月 7 日）

注：中秋节通过微信发给二军大军医 63 级同学们的祝福诗。

七律·七十抒怀　和王香谷

风风雨雨七十秋，兢兢业业一老牛。

杏林耕耘喜多树，学海苦游梦轻舟。

功名成败皆远去，岁月青春记忆留。

感恩今日多精彩，夫妻牵手乐白头。

（2014 年 9 月 12 日）

注：2014 年 9 月 12 日电子邮箱收到大学同窗王香谷的诗《七律·七十抒怀》，感同身受，共鸣同时，和上一首，虽东施效颦，但为真情实感。感叹青春已去，抓住当下，享受今天，安度晚年。下面为收到的王香谷诗词内容。

光阴荏苒七十秋，自诩横眉孺子牛。

漫步杏林修大德，畅游学海泛小舟。

浮名虚利随风去，厚意真情刻骨留。

最喜祖孙天伦乐，夫妻患难共白头。

打呼噜

老来鼾声常如雷，归咎体胖仰面睡。

舌干口燥前胸紧，时有憋醒神疲惫。

邻室老伴难成眠，患难夫妻同遭罪。

隔空喊叫无效时，姗姗下床过来推。

无师自门打呼噜，自唱自和缺比对。

严重呼吸能暂停，缺氧心脑受连累。

关乎健康当认真，经营人生靠智慧。

落枕别忘侧身躺，少食多动先减肥。

（2014 年 9 月 20 日）

行医铭

医不在大，特长则名。

药不在多，对症则灵。

斯是医生，业精心诚。

虽不苟言笑，必认真倾听。

循临床路径，当慎思笃行。

诊疗择优选，告知情。

拒红包之扰心，防纠纷之劳形。

努力克疑难，潜心学技能。

警示语：如履薄冰！

（2014 年 9 月 22 日）

注：依照唐代文学家刘禹锡《陋室铭》格律所作。

临江仙·国庆

祖国六十五华诞，十三亿人欢颜。

街头巷尾鲜花满。

国旗高挂起，火红映庄严。

公园盛装迎游客，多彩不胜流连。

白发夫妻话变迁。

感恩送祝福，明天更期盼。

（2014 年 10 月 1 日）

看银行排队有感

股市悄然重走好，基金开户再涨潮。
国家富裕民受益，政策放开少干扰。
银行满座尽白发，稳健理财人气高。
更喜增补养老金，久等不显神疲劳。

（2014 年 10 月 2 日）

重阳节

国庆节中过重阳，同学彼此道吉祥。
年年登高身不觉，岁月回顾多闪光。
感叹时代很精彩，享受未来靠健康。
儿女孝敬心里美，竹叶糯米味难忘。

（2014 年 10 月 2 日）

今日世界真混乱

今日世界真混乱，目不暇接好刺眼。
伊斯兰国突暴起，中东杀戮没个完。
国际制裁俄罗斯，连绵战火乌克兰。
非洲肆虐埃博拉，管控乏力病蔓延。

日本争抢钓鱼岛，担心又要起硝烟。
南海不断纷争起，领海主题是能源。

又传多事朝鲜人，频繁挑逗射导弹。
香港学运闹占中，负面影响难估算。

各种乱象需应对，百姓安居最关键。
依法治国反腐败，八个不准律官员。
改革深入抓机遇，韬光养晦得发展。
历史洪流如潮涌，万千难题必了断。

（2014 年 10 月 6 日）

雾霾天观月全食

预报今晚月全食，下楼观月成共识。
兴浓一睹红月亮，早早即把晚饭吃。
阴霾夜暗人影少，眼涩咽痒步履迟。
举头望空不见月，朦胧树显灰叶枝。

（2014 年 10 月 8 日）

北京雾霾实录

几天树叶不见动，首都上空欠透明。
百姓频遭霾肆虐，橙色预警没人惊。
恰办足球德比杯，巴西对阵阿根廷。
球星眼肿咽痛痒，梅西停训难适应。

城市似幅水墨画，若隐若现烟云笼。
歌后晒出窗外照，白雾茫茫喻仙境。

网上已成关注点，诗画亦多调侃中。

民众发泄实无奈，热盼治理如盼风。

（2014 年 10 月 12 日）

注：德比（Derby Game）是体育术语。2014 年 10 月 11 日，"南美超级德比杯"在北京的国家体育场即鸟巢上演，巴西对战阿根廷，阿根廷 0∶2 负巴西。

深 秋

又到深秋红叶时，喜鹊对唱梧桐枝。

夕阳晚照窗前暖，雾霾常憾风来迟。

白发无求人长乐，饮食起居用心思。

牵手每日万步走，得闲趣在码诗词。

（2014 年 10 月 22 日）

七十回顾

（一）少年艰辛

七十年前来世间，战火纷飞活命难。

日寇投降接内战，颠沛流离过童年。

建国之初父失业，难以为继回乡间。

农村小学六年里，担水拾柴成磨炼。

乡村童年多趣事，追逐打仗最兴奋。

常到小河去玩水，螃蟹抓来拴一串。

坟头草丛逮蛐蛐，养在罐里咬斗欢。

互相学着糊风筝，最喜放飞九连环。

中学又回北京城，汇文中学算起点。
传统名校管理严，教书育人挺有范。
学习兴趣初建立，业余体校划舢板。
困难时期读高中，半天上课忍饥寒。

会计父亲体消瘦，经常病休因哮喘。
母亲乡村做教师，长年分居早习惯。
穷家孩子多操劳，洗衣还要学烧饭。
相依为命父子情，经常陪伴跑医院。

（二）军大片段

推荐考入二军大，学医远赴上海滩。
一身军装很威武，从此天天吃饱饭。
军事训练尤严格，正步甩得全身酸。
步枪手枪不含糊，竟能近半打十环。

崇拜名师讲大课，记下精彩一段段。
解剖室里认器官，热汗几度透衬衫。
学习生活颇紧张，成绩普遍很好看。
日常起居军事化，紧急集合多夜半。

思家常常心不宁，来信一直说平安。
盘算学成治父病，怎料两年阴阳分。
加急电报赶回京，病床守护仅两天。
咬紧牙关哭无泪，扶母葬父强承担。

校园每天讲红专，政治挂帅记心间。
农村社教搞四清，认认真真整半年。
阶级斗争永不忘，干部逐个应过关。
自我改造求三同，早晚两顿吃稀饭。

基础课程未学完，"文革"军校掀波澜。
伟大领袖挥巨手，天安门前受接见。
全国停课闹革命，旧的制度都砸烂。
院校秩序均停摆，教授权威靠边站。

莫名群众斗群众，昨日战友今变脸。
可叹一群读书人，稀里糊涂跟着乱。
校园鲜明分两派，势不两立打内战。
热血青年太单纯，难辨事实与宣传。

全国无处不造反，码头货物堆成山。
受命登船支工去，炉工两月流大汗。
挥锹火旺船正点，大海风光饱浏览。
常羡老焦平衡好，风浪再大不晕船。

回校电报到海上，途中离船很流连。
焦急盼着快复课，痛惜流走好光阴。
如饥似渴坐教室，老师讲课极认真。
临床课程匆匆过，医院实习时间短。

八月如期要毕业，分配过程也麻烦。
学校还在打派仗，自家指标自家分。

骨干主动去西藏，带动一批热血人。
五年同窗情难舍，依依挥手别校园。

（三）军医人生

分配直接下基层，侦察连队先锻炼。
射击格斗方位跑，武装泅渡不畏难。
滹沱河畔种水稻，成群鸭子放河边。
炊事班长放盐少，腌出近半臭鸭蛋。

摸爬滚打军营里，一心一意无杂念。
野战军团卫生队，军医服务为实战。
中蒙边界修战壕，采药也曾住羊圈。
电缆埋跨太行山，千里拉练不服软。

毕业工作近两载，简约结婚别单身。
军大同窗又同乡，兰质蕙心待人真。
驻地相隔五十里，周末请假挺费神。
聚少离多同魂梦，忻州牵手到如今。

婚后一年生女儿，见到已是翌日晨。
早产着急没奶水，娃娃饥饿心慌乱。
军营内外无牛奶，两瓶炼乳渡难关。
朔风千里硬回京，难为产后十一天。

军医六年步兵团，内外妇儿全都干。
官兵生病较单纯，家属院里不简单。

顺产接生寻常事，手术大到阑尾炎。
十足一个万金油，抹到哪里都光鲜。

努力改造入了党，术业不专心难安。
青春活力思进取，做梦憧憬大医院。
爱妻虚弱长病休，无奈回京办复转。
相隔半年我转业，先后分进医学院。

（四）转业之初

急病重症从头学，不耻下问放下脸。
与日俱进本事长，始觉大学没白念。
宣武医院虽忙碌，一家团聚心里甜。
无房挤住岳母家，社会贫穷不抱怨。

贤妻身体逐渐好，人民医院频夜班。
母亲退休带女儿，工资勉强够吃穿。
讲究革命加拼命，清心寡欲多奉献。
两个大夫不顾家，日子回想挺不堪。

盛夏唐山大地震，京城震波很可观。
窗摇床跳人惊恐，紧忙跑到院中间。
幼子刚刚三月大，九旬姥姥腿瘫痪。
木床支块塑料布，中学操场熬伏天。

担心余震房倒塌，医疗全在楼外面。
帐篷充作急诊室，危重抢救挤里边。

人们那时气不爽，服毒自杀挺常见。
熬到垮台四人帮，结束"文革"十年乱。

（五）改革体验

医院添置内窥镜，消化专业新开盘。
分科进到胃肠组，学习先把胃镜练。
随后引进结肠镜，还有造影查胰胆。
各项操作均娴熟，医院消化谱新篇。

受命协和去进修，瞄准专业制高点。
跟随大师陈敏章，仰望泰斗张孝骞。
心悦诚服找差距，潜心一年看和干。
协和精神牢牢记，严肃严格加严谨。

改革开放机遇来，出国留学求发展。
突击一年攻日语，校际交流梦实现。
影像诊断觉新奇，内镜技艺更高深。
亲历医院现代化，获益一年胜十年。

出国进修眼界开，回国聘作科主任。
技术引进自己家，专业不断有创新。
科室壮大建梯队，带出批批年轻人。
论文频频上杂志，学术会议常现身。

进修出国管科室，相同轨迹两个人。
妻子专业内分泌，北大治学更严谨。
三甲医院牌子亮，各地重症挤进门。

看似光鲜实无奈，肩上扛着大责任。

值班外出常交替，家庭诸事难分心。
如在江湖不由己，苦了孩子和母亲。
很少陪伴公园玩，儿女功课无暇问。
所幸孩子能自立，每每自责愧家人。

科室成为硕士点，医教科研齐头进。
临床药理成基地，新药实验尤谨慎。
教授主任双职称，主编专著若干本。
北京内镜副主委，中华内镜是委员。

杂志编委有一串，审稿只能挤时间。
评职称任高评委，事故鉴定当判官。
卫生部里抓消毒，参加起草写规范。
国际会议到处飞，国内讲学不间断。

响应西部大开发，应邀西宁作支援。
中华医学会组队，重点内镜当教练。
二〇〇三闹非典，宣武医院变前线。
身心投进专家组，日夜处置重病案。

拼搏创业数十载，工资住房得改善。
两次病休成记忆，阑尾炎和胰腺炎。
一路匆匆不停脚，不觉过了花甲年。
利落转身办退休，放下也觉很坦然。

（六）发挥余热

告别科室医教研，享受轻松自由身。
赋闲家中刚一周，健宫医院找上门。
医保Ａ类股份制，管理操作新理念。
重把科室主任作，主打医疗较单纯。

轻车熟路接茬干，查房内镜加门诊。
服务项目渐增多，有创诊疗甚操心。
增加无痛内窥镜，更多患者被吸引。
国际认证通过后，医院发展更自信。

老伴退休不离岗，教授门诊特认真。
毕生积淀一专业，自我要求高水准。
虽有小恙无大碍，早晚走步当健身。
风雨同舟互欣赏，快乐充实贵比金。

儿女小家都和美，其乐融融倍温馨。
事业有成少牵挂，暖心最是隔代亲。
辞掉行政不放走，感恩尊重和信任。
社会安定身心健，防痴还想干几春。

风风雨雨七十年，悄然踩出串串印。
回看深浅已模糊，多有遗憾也幸运。
自问如能重新走，能否更好更自信。
珍惜眼前夕阳美，不忘一路帮扶人。

（2014年10月28日）

注：2014 年 10 月 26 日是自己 70 岁生日，生日过后突然感到这辈子能活到古稀挺不容易，虽然没做成大事，但风风雨雨、坎坷艰辛也值得自己和家人回忆。趁现在还能写出来，留个记录吧！多是片段，但概括了大部分足迹。

妻转业到北京医学院人民医院，现为北京大学人民医院；我转业到北京第二医学院宣武医院，现为首都医科大学宣武医院。

妻与我经历相似，曾在协和医院内分泌科进修、德国埃森大学内分泌科学习，后任北京大学人民医院内分泌科副主任、主任。

北京市健宫医院 2010 年 7 月通过 JCI 国际认证。

第五章

七十岁后

蝶恋花·牵手漫步

蓝天白云空气清，夕阳微风，杨柳婆娑影。
银发牵手心恬静，沧桑写在皱纹中。
年复一年四季景，寒来暑往，演变化无穷。
甬道漫步记人生，一颦一笑一世情。

（2014年11月15日）

赠爱妻

相识半个世纪前，"文革"时期成机缘。
火车一见守一世，同心培育并蒂莲。
凡人小事皆辛苦，奋斗之后觉甘甜。
天佑贤妻运长久，青春活力驻红颜。

（2015年1月18日）

注：写在妻69岁生日前。

夸微信

睁眼摸手机，清晨看微信。
消息来路广，小道多成真。
图文堪并茂，歌舞亦传神。
最棒同学画，专业高水准。

且读且欣赏，收藏示同仁。
友谊聊天找，需求网中寻。
你来换我往，互动了解深。
五湖四海情，今天更贴近。

猎艳多方位，解读宜耐心。
神奇百宝箱，童心得滋润。
上品该共享，转发成己任。
七旬老小孩，插足若干群。

赞叹高科技，诚谢发起人。
祝愿多佳作，精彩无穷尽。
已然离不开，日常一部分。
高唱微信好，上瘾咱也认。

（2015 年 1 月 22 日）

注：近来，大学同学微信群活跃，越来越精彩，已成为生动活泼、信息量极大的交流平台。它被作为每天的"功课"，清晨睁眼要先扫一遍，晚上不管多晚总要看完才睡。有感于此，在群里发了这段顺口溜，夸夸咱们的微信群。

悼汪家瑞教授

大师久病魂归天，仰首西望星月暗。
风趣话语犹在耳，达观神情常浮现。
松柏岁寒品高洁，名医仁心永垂范。
回看大地遍桃李，先生长睡应安然。

（2015 年 1 月 29 日）

注：汪家瑞，首都医科大学宣武医院原副院长、心内科教授，国内知名专家。因肿瘤晚期去世。

过　年

璀璨烟花送骏马，三羊开泰喜迎新。
京城街巷车稀少，高铁航班挤满人。
四海创业谁言苦，回家方暖游子心。
酒酣耳热说寄语，情不自禁赞当今。

改革开放国强大，五洲处处听乡音。
实干兴邦莫空喊，后生励志图发奋。
忘形时而显童稚，手快脚轻追青春。
浮沉往事不纠结，盛世抓牢享七旬。

（2015 年 2 月 17 日）

春节天气

正月初一水浇春，百年不遇北京人。
瑞雪吉兆好年景，心田大地同滋润。

（2015 年 2 月 20 日）

注：大年初一恰逢农历二十四节气之一的"雨水"。北京降雪，更加增添了春天的气息，被称为百年难逢的"水浇春"。

▲ 小区雪景

春节爆竹

爆竹声中烟缭绕，雾霾灰重天色沉。
张灯结彩庆佳节，空气质差也烦心。
盼得几阵北风过，亮日高照散阴云。
旧俗矛盾民生处，政府禁放当讨论。

（2015 年 2 月 22 日）

新春遐想

刚停下春节爆竹的喧嚣，
路边落屑红色尚未褪掉，
下面的土开始转绿，
不，那是悄悄返青的小草。
春风料峭，
最早暴头露芽的是路边的迎春、山桃。
柳枝开始抽丝，
摇曳在明媚的春光里，

岁月之**痕**

北京，春天来得真早！

新的一年开始了，
面对匆匆滑过的一年又一年，
常有一种说不出的惆怅，
更有一种蠢蠢欲动的向往和澎湃的心潮。

回忆童年，
期盼过年，
穿新衣，逛庙会，
提灯笼，放鞭炮。
也曾为些许压岁钱欢快蹦跳。
盼着快些长大长高，
盼着早些到社会闯荡奔跑。

怀念青年，
踌躇满志，怀揣多彩梦想。
凭着年青的锐气，
拼搏中何曾顾过疲劳？
喊不完的革命口号，
数不清的坎坷煎熬，
风雨迷茫中没有倒下。
永不低迷的奋斗激情，
一如既往的坚定执着。
在改革开放中找到自我，
也分享到努力后的成功美好。

医林耕耘中，
流传的是医术技巧，
映衬的是事业成功和大医正道。
回忆中的平凡小事，
虽然只是足迹，
透视出的却是个人境界、魅力、情操。

岁月也记下了纯美的情缘，
风风雨雨中，
相濡以沫，牵手到老。
真诚、热烈、思念、争吵、
惦记、唠叨、平淡、欢笑。

七十年啊！
平凡普通，五味杂陈，厚重多料。
这是毕生的积淀，
别怪常常对往事自言自语、津津乐道。

就这样，
随着岁月流转，
头发白了，容颜老了。
如同一艘老船，
是长期在码头停靠，
还是重新起锚？

虽然已经年老，
我还想在林间路上慢跑，

岁月之痕

我还想站在山坡上远眺，
我还想在江河中击水，
我还想和志同道合的同学们吟诗长啸！

我爱夕阳的瑰丽，
我爱晚霞的美妙。
珍惜眼前的时光，
抓住当前的一切美好。
像老牛样脚踏实地继续耕耘，
像苍鹰样高空翱翔到终老。

不去拿昨天的光点咀嚼，
也不要对现实没味地牢骚。
不乱说话，少惹烦恼。
守住精彩的今天，
在进取中把新的收获和体会，
与亲朋分享发酵。
这就是老年的梦，
就是要继续坚守当年的理念，
在人生的跑道上重建目标。

春来了，
万物生机勃勃，
沐浴在和煦的春风里，
感恩、满足、兴奋，欢笑。
常情不自禁地手舞足蹈。

伴着新春的旋律，

跟着春天一起跑！

（2015 年 2 月 27 日）

西江月·春来了

年节喧闹刚过，喜鹊往来筑巢。

爆竹落屑红未消，却见小草绿了。

垂柳嫩丝摇曳，玉兰疏枝含苞。

雪花飘飞路面潮，风送暗香多少？

（2015 年 2 月 28 日）

注：写于小雪后。

穹顶之下观后

穹顶之下掀波澜，亿万众生全相关。

诸多省市霾笼罩，何处呼吸有安全？

正义呼号火中凤，唤起全民责任感。

百姓监督且自律，政府治理担大任。

（2015 年 3 月 4 日）

注：《柴静调查：穹顶之下》是一部由柴静从央视离职后进行的大型空气污染深度公益调查纪录片。

岁月之痕

西江月·有感凤凰学术年会

凤凰学术年会，不乏新人面孔。

正装登场威斯汀，演讲众彩纷呈。

促进专业发展，科研蔚然成风。

健宫争当排头兵，医术精益求精。

（2015 年 3 月 7 日）

注：凤凰学术年会指凤凰医疗集团（旗下有北京市健宫医院、北京燕化医院、北京京煤集团总医院等十家二、三级医院）的学术年会。2015 年 3 月 7 日凤凰集团学术年会在北京威斯汀酒店召开，有幸作为评委专家参会，感想颇多，中午休息时兴起填词一首。

▲ 出席凤凰学术年会。作者为第一排右一

满庭芳·黄昏

雾罩残阳，春分日暖，余晖透进书房。
得闲上网，坐享好文章。
钟情诗词歌赋，任浏览，信马由缰。
悠悠然，一壶毛尖，袅袅散清香。
远望，天渐暗，林立楼宇，华灯初上。
看车流人影，匆忙熙攘。
静室隔开喧闹，沉思中，杯冷茶凉。
人老矣，时代节奏，该能否跟上？

（2015 年 3 月 21 日）

临江仙·同窗今昔

当年"文革"闹造反，医大电闪雷鸣。
热血青春被运动。
学子无教室，派仗各西东。
白发天涯半世纪，欣喜微信重逢。
不觉观点又交锋。
认识存差异，真诚待沟通。

（2015 年 4 月 14 日）

南乡子·尼泊尔地震

邻国大地震，八级惨烈撼世人。
夷为平地刹那间，惊魂，千年圣迹毁无存。

专机接国民，有序撤离起降频。

加都机场超负载，暖心，强大中华是后盾。

（2015年4月29日）

注：2015年4月25日14时11分，尼泊尔发生了里氏8.1级地震。

送别陈淮生

斯人已去别梦中，香消玉殒我动容。

军大认真淳朴态，痛哉年华太匆匆。

天堂路上请走好，送别一曲驼铃声。

同窗战友情悲戚，七旬诸君当珍重。

（2015年4月30日）

注：陈淮生是二军大的同班女同学。

母亲节

母亲节垂泪，夜深难入睡。

虔心诉真情，天堂可知会？

辛劳养育恩，无以再回馈。

世间情万种，唯此最纯粹。

（2015年5月10日）

听小提琴协奏曲《梁祝》

当年初听小提琴，一曲梁祝潜入心。

少小懵懂生死恋，成长渐解爱之真。

袅袅余音半世纪，凄美感染几代人。
今朝凝神再欣赏，又现双蝶舞彩云。

（2015 年 5 月 15 日）

头伏感言

盛夏头伏第一天，烈日炎炎路面软。
袭人热浪四十度，感受桑拿汗洗面。
地铁尤见进出忙，速度带出清凉感。
年老贵在精气神，依旧充实上下班。

（2015 年 7 月 13 日）

临江仙·八一节忆二军大

昔日名师讲大课，总是崇拜虔诚。
阶梯教室求真经。
日光灯影下，唯闻笔记声。

杏林摸爬半世纪，不忘军大启蒙。
历尽沧桑今重逢。
当年多少事，乐在回味中。

（2015 年 8 月 1 日）

琴声——听外孙弹钢琴有感

行云流水指下狂，如痴如醉梦飞翔。

懵懵懂懂小绅士，英俊少年弹肖邦。

（2015 年 8 月 22 日）

注：外孙为初一学生。

看阅兵

抗战胜利七十年，阅兵情动艳阳天。
英模方队神威武，王牌装备高精尖。
耄耋老兵引唏嘘，当代军人声震撼。
铭记国耻思复兴，捍卫和平敢亮剑。

（2015 年 9 月 3 日）

注：纪念中国人民抗日战争暨世界反法西斯战争胜利 70 周年阅兵式（简称 9·3 阅兵，或抗战胜利日阅兵）。

晨观某大学操场广场舞

广场大妈进校园，清晨静谧瞬时变。
齐整方阵若阅兵，统一手套运动衫。
动作揉进皮影戏，步态滑稽更自恋。
劲道堪比语录操，当年激情今再现。
健美舞姿引侧目，神采诱人眼迷乱。
大学操场一奇景，奈何高音惹抱怨。
早读学子闻声躲，跑步青年远边站。
雾霾风雪无阻挡，任谁微词不待见。

（2015 年 9 月 8 日）

七律·和王香谷乙未中秋

玉盘高悬亮如昼，星光退隐菊含羞。
才女画蟹添喜气，游子新诗引乡愁。
懵懂起步二军大，青春筑梦红砖楼。
中秋祝福忆往事，白发壮心续春秋。

（2015 年 9 月 27 日）

注：红砖楼，二军大学员队宿舍楼。下面为王香谷《七律·乙未中秋》诗词。

银蟾初露树梢头，夜色朦胧似愧羞。
赏月十年无父母，吟诗几度有忧愁。
身居异国升桥港，梦返东台揽月楼。
思绪绵绵难阻断，任凭冬夏复春秋。

满庭芳·秋

深红浅红，叠叠重重，点染远山群峰。
霜后黄栌，正风姿万种。
满目艳丽似火，大自然，造化神工。
不痴情，身在画里，任谁不心动？
匆匆，南归雁，天边飞过，不留影踪。
想今生，足迹多有类同。
安于医林坚守，虽白发，乐在其中。
莫辜负，秋意浓浓，眼前好光景。

（2015 年 11 月 1 日）

北京初雪

京城初雪来得早，秋意浓浓雪增俏。
庭院不时欢叫声，出门即刻抓拍照。
高树叶茂缀银花，轿车一色裹白袍。
漫天绒毛纷纷飞，千样花伞徐徐跑。
孩童兴奋攥雪球，小手鼻尖冻红了。
别怨地热少情趣，路面无冰恰恰好。
昨日男女比秋装，今朝老少羽绒袄。
气象无常顺其变，保暖多动别感冒。

（2015 年 11 月 6 日）

"习马会"有感

习马会面新加坡，七十年槛今迈过。
双手一握改历史，本是同根血同热。
各自主张摆当面，兄弟有话照直说。
众望所归早统一，复兴中华别耽搁。

（2015 年 11 月 7 日）

注：两岸领导人习近平、马英九于 2015 年 11 月 7 日在新加坡会面，就推进两岸关系和平发展交换意见。

江城子·晨雪

晨起窗外白茫茫，雪飞扬，鸟雀藏。
寒流突至，京城披银妆。

银杏叶落沙沙响，雪地上，片片黄。
早出家门小紧张，羽绒服，全武装。
街巷路面，所幸没情况。
牵手老伴慢慢走，回头望，印成双。

（2015 年 11 月 25 日）

踏莎行·嘉园冬晨

朔风初停，残雪庭院。
凋零竟在一夜间。
感叹落叶无边际，却见竹林绿盎然。
喜鹊唱枝，老人晨练。
职场男女忙上班。
莫怨寒冬今来早，总有好景在眼前。

（2015 年 11 月 28 日）

注：嘉园指小区院内。

踏莎行·晨冬高粱桥

鸡蛋灌饼，路边粥摊。
高粱桥头热一片。
南长河水静静流，零下十度冰未现。
雪后湿冷，太阳露脸。
车飞人跑赶时间。
早出晚归碌碌影，唯见马甲犬儿闲。

（2015 年 11 月 29 日）

一个医生的诗

注：高粱桥为南北走向的桥，其下南长河流过。可视为北京西城区和海淀区的分界桥。

醉花阴·京霾

京城无人不说霾，衍变成常态。
隐没灰雾里，昼夜体验，污染与伤害。
牢骚调侃实无奈，呼吸没例外。
梦唤孙大圣，千钧棒举，万里驱尘埃。

（2015 年 12 月 2 日）

下班路上

白雾茫茫路隐现，月色朦胧影虚幻。
连续阴霾神不宁，重度污染气息变。
医院昼夜忙一团，口罩天天黑两片。
仰望老天真无语，风爷何时肯露面？

（2015 年 12 月 25 日）

阮郎归·新年

新年各地新气象，荧屏见短长。
三天雾霾家中藏，叹惜好时光。
写微信，兼上网，午饭竟能忘。
时代脉动当跟上，白发少感伤。

（2016 年 1 月 3 日）

望江南·京城地铁扫描

坐地铁，方便且安全。
准时快速间隔短，敞亮整洁超满员。
没座也情愿。
人如潮，最挤换乘站。
疏导进出有序走，多点上车队不乱。
迎送在瞬间。

（2016 年 1 月 15 日）

虞美人·腊八

一夜呼啸北风刮，清晨飘雪花。
担心外出路面滑，好在周日午前待在家。
友邻送粥知腊八，入料真复杂。
米醋泡蒜正当下，本命猴年又将怎规划？

（2016 年 1 月 17 日）

虞美人·健宫医院猴年春节联欢会

时隔三年联欢会，表演很到位。
歌舞小品超发挥，摇滚弹唱情真让人醉。
总结表彰人一堆，认认都是谁。
幸运抽奖最实惠，抢个吉祥小猴也挺美。

（2016 年 1 月 21 日）

本命猴年寄情

十二生肖六循环，又临本命金猴年。
早早订下年夜饭，提前装好压岁钱。
红色围巾红腰带，笑容满面迎笑脸。
感恩方觉夕阳美，知足还求都平安。

饱经风霜人已老，医林守望心依然。
一路坎坷不忘史，淡定从容朝前看。
此生不易当珍爱，留住健康须锻炼。
同学群里诚祝福，下个猴年仍比肩。

（2016年2月5日）

注：今年是我第6个本命年。

的 哥

除夕午后出租车，师傅神侃若演说。
锦心绣口绝佳句，一气呵成好诗歌。
相声名家称兄弟，同行无数知音哥。
乘客自然变粉丝，感叹民间高人多。

（2016年2月9日）

注：2016年除夕乘出租车有感。

虞美人·除夕

高高兴兴贴春联，佳句念几遍。
吉庆有余年夜饭，餐厅四顾桌桌杯盘满。
万家灯火喜团圆，热点聚春晚。
下楼放花待夜半，孙女掩耳依偎奶奶边。

（2016 年 2 月 9 日）

西江月·京城春节

街巷行人渐少，车稀忽觉路宽。
京城静得不习惯，几声爆竹打乱。
眼前茫茫雾雨，拂面丝丝春寒。
喜鹊往来筑巢欢，枝条新芽点点。

（2016 年 2 月 11 日）

西江月·阅读

知识来自书本，阅读改变人生。
循序渐进乐其中，潜心陶冶性情。
气质有赖学问，儒雅得益修行。
诗礼之家重传承，营造墨香环境。

（2016 年 3 月 17 日）

一个医生的诗

133

临江仙·三月紫竹院

京城三月春光好，处处游人蜂拥。

紫竹院里多倩影。

一曲拉丁舞，看得心怦动。

终日医院诊疗忙，难得周末放松。

玉兰树下竟忘情。

千蕊同放艳，如临雪涛中。

（2016年3月26日）

西江月·落枕

醒来项部发紧，转头几近不能。

半身牵扯阵阵疼，肩胛着凉受风。

赶快充电热宝，精准敷在脖颈。

稍后渐渐起作用，按摩再求减轻。

（2016年3月27日）

浪淘沙·住院

头晕且目眩，心悸出汗。

溃疡出血住医院。

血红蛋白减四成，腿若灌铅。

增生前列腺，跟着添乱。

尴尬再加排尿难。

连锁反应多煎熬，耐性闯关。

（2016 年 4 月 16 日）

北京喜见双彩虹

初夏小雨洒北京，空中飞出双彩虹。

七色拱桥接天地，清纯半圆罩古城。

自然奇观罕得见，庆幸难掩不舍情。

手机争拍绝妙景，漂亮微信刷满屏。

（2016 年 5 月 23 日）

风入松·游泳

老来理当常运动，平素喜游泳。

总说缺少好环境，太拥挤，没了心情。

可巧促成此事，女儿出差到京。

立办年卡威斯汀，宽敞水洁净。

悠然转上十几圈，真惬意，全身轻松。

妻子热心鼓劲，潇洒享受今生。

（2016 年 6 月 4 日）

注：女儿出差来京，住威斯汀酒店，了解该酒店的游泳池条件较好，主动给买了健身年卡。

望江南·父亲节

父亲节，女儿来电话。
先祝老爸身体好，再问礼物要个啥。
情真总牵挂。
吾与妻，古稀满银发。
坚持运动强身体，平常心态不奢华。
安居在当下。

（2016 年 6 月 18 日）

赞奥运女排夺金

奥运夺金女排红，神州欢声近沸腾。
朝气蓬勃娘子军，顽强拼搏真英雄。
融进西方新理念，发扬光大老传统。
重返巅峰王者范，用兵如神赞郎平。

（2016 年 8 月 23 日）

注：2016 年 8 月 21 日上午里约奥运会女子排球决赛在马拉卡纳齐诺体育馆举行，由中国队对阵塞尔维亚队，中国队 3-1 战胜塞尔维亚队获得冠军。

风入松·有感杭州 G20 峰会

九月西子湖面平，宾至喜盈盈。
水上芭蕾开脑洞，四天鹅，梦幻精灵。
醉人琵琶惊艳，缠绵小提琴声。

珍馐美馔中国风，杯盘亮眼睛。

豪华盛宴诸元首，惜贵客，不太出镜。

如此真情好礼，诸君可会感动？

（2016 年 9 月 6 日）

注：二十国集团（G20）领导人杭州峰会于 2016 年 9 月 4 日至 5 日在中国杭州举行。

教师节

教师节前信息多，声声祝福暖心窝。

行医授业几十载，教授虚名非蹉跎。

论文指导拳拳意，讲座答疑不厌说。

白发退休思旧事，母校先生今如何？

（2016 年 9 月 10 日）

西江月·书法感怀

少小懒摹字帖，多年常愧字差。

老来得空练书法，感叹已逝年华。

医院选展书画，脑门一热参加。

众人推举进十佳，友情贵比奖大。

（2016 年 9 月 19 日）

注：参加凤凰医疗集团职工书画比赛获书法三等奖。

学书法

老来学书法，贵在抓时间。

初练水写布，字字当认真。

笔画是基础，临摹作根本。

握笔手不抖，悬肘功夫深。

大师苍劲体，笔笔皆有神。

虔诚学先贤，特点且记心。

医院书画展，高手多如云。

参与得交流，获奖添自信。

坚持不松懈，练字亦练人。

每日半小时，笃定有长进。

（2016 年 9 月 28 日）

唐多令·家乡回忆

年少在家乡，田头杂活忙。

读书难，中学无望。

小升初前费思量，来北京，急慌慌。

离乡一甲子，百感暖与凉。

偶梦见，模糊村庄。

发小而今在何方？老县城，大变样。

（2016 年 10 月 1 日）

注：我老家在河北省乐亭县庞河村，母亲是老家农村小学教师，小学我一直跟随母亲。父亲一直一人在北京工作。当年农村中学少，升中学率很低，父母商量在我小学毕业时转到北京读中学。

望江南·寒露

天转晴，连日秋雨后。
体恤短裙无踪影，夹克风衣满街头。
骤然凉飕飕。
远望去，大雁南飞走。
队列始终人字形，穿越长天不回首。
转眼空悠悠。

（2016 年 10 月 8 日）

重阳早晨

重阳佳节站阳台，勃勃生机入眼来。
垂柳长丝轻摇曳，秋菊花艳正盛开。
红日初升映晨露，晴空微风扫阴霾。
宁静祥和最可贵，人生走过方明白。

（2016 年 10 月 9 日）

听卡卡弹《威尼斯船歌》

智慧小手跳键盘，如诗如画美心田。
轻快荡漾旋律飞，恰似水城在眼前。

（2016 年 12 月 25 日）

注：卡卡，外孙女，8 岁。

贺陆星华、贝濂教授八十华诞

八十芳龄倍有神，大医妙手鉴仁心。
传承弟子名天下，时代造化协和人。

（2016 年 12 月 30 日）

注：陆星华、贝濂，北京协和医院消化内科教授，国内著名专家。

新年最想说的话——关于孩子

孩子培养有学问，时时处处要操心。
成长每步作计划，循循善诱靠双亲。
性格脾气常可塑，父母榜样贵如金。
人性道德是基石，亲子之间讲诚信。

校内学好是本分，课外班多很艰辛。
竞争意识诚可贵，健康第一不比拼。
成绩波动不呵斥，认真总结找原因。
犯错别急有章法，不打不骂不犯晕。

童心稚嫩多呵护，和谐家庭才温馨。
诸事要求说在前，奖惩分明很要紧。
外人面前不揭短，注意人小有自尊。
少小有梦该鼓励，明天可望成巨人。

预防感冒需谨记，衣服增减随气温。
雾霾天气戴口罩，课间别忘补水分。
坚持眼睛保健操，看书距离要当真。
坏人坏事多举例，防范教育大责任。

（2017 年 1 月 1 日）

感冒打油

畏寒头胀四肢酸，鼻塞流涕来回转。
咽干总欲多饮水，身疲任事不想干。
体温几试没见高，中药效果似显现。
无奈赖床宅在家，食欲尚可照用饭。

（2017 年 1 月 8 日）

妻本命年感怀

斗转星移几变迁，妻迎金鸡本命年。
秋水伊人亭亭立，情真有梦岁岁圆。

勤勉长跑从医路，严谨稳扬万里帆。

甘苦相伴半世纪，默默祝福心依然。

（2017 年 1 月 26 日）

注：妻属鸡，出生在 20 世纪 40 年代，虽然已退休多年，仍坚持在北大人民医院出诊。

诉衷情·新春

金鸡报晓送佳音，新联贴上门。

旧岁不舍揖别，转眼又一春。

忆往昔，念初心，守杏林。

爆竹声远，晨曦微露，期许殷殷。

（2017 年 2 月 5 日）

诉衷情·摔跟头

游泳出池脚下滑，瞬时仰八叉。
窃喜腰腿能动，忍痛往起爬。
人老矣，反应差，好后怕。
发妻知晓，不停唠叨，一脸牵挂。

（2017 年 2 月 7 日）

西江月·有感华润凤凰学术年会

集团学术年会，如期庄重召开。
嘉里酒店展风采，牛人轮番登台。
激情点燃梦想，创新引领未来。
仁心仁术大胸怀，呼唤更多英才。

（2017 年 2 月 18 日）

注：2017 年华润凤凰学术年会在北京嘉里大酒店召开。

▲ 华润凤凰学术年会签到

▲ 年会上给荣获优秀论文者颁奖

诉衷情·春雪

暖日变脸大雪飘，惊叹春之妙。

如是纷纷扬扬，缘何迟来到？

车减速，花伞摇，行人笑。

漫天皆白，气爽神怡，抓紧拍照。

（2017年2月22日）

注：2017年2月21日，北京迎来了2017年首场春雪，漫天飞舞的雪花，将京城装扮得银装素裹。

西江月·两会写生

又逢每年两会，迎春花开满枝。

加岗武警站姿直，街头大妈值日。

总理情系民生，代表热商国是。
部长妙答百姓事，个个踌躇满志。

（2017 年 3 月 4 日）

清明之痛

精力欠佳时走神，缘是清明已来临。
果品糕点早备妥，花束摆放亦用心。
香烟袅袅余灰烬，苍颜默默留泪痕。
缅怀恩泽难回报，拥抱慈祥梦中真。

（2017 年 4 月 2 日）

西江月·岁月

年轻清纯有梦，每每好胜争强。
大步激情不彷徨，留下太多回想。
而今奈何迟暮，静静日子流淌。
华发真爱伴身旁，相守金色夕阳。

（2017 年 6 月 16 日）

西江月·父亲节

不知始于何年，有了父亲节日。
祝福接连到来时，感动竟会语迟。
肩头尽是责任，至今莫敢松弛。
儿女自立心踏实，惦记依然如是。

（2017 年 6 月 18 日）

一个医生的诗

有感金瑞教授诗集《足迹》

诗集快递到手中，图文并茂我动容。
合编专著犹如昨，学术交往五洲情。
父子两代名医录，门前学生好传承。
仁心济世谈肝病，足迹印实大半生。

（2017 年 8 月 5 日）

注：金瑞，首都医科大学附属北京佑安医院教授，主任医师。其父金凤林也是北京佑安医院教授，主任医师，是国内著名老一辈传染病学专家。

▲ 金瑞教授诗集《足迹》

▲ 同金瑞教授（右）参加学术会议

地震九寨沟

地震肆虐九寨沟，山川秀色瞬时收。
房间摇晃瓦砾滚，滑坡坍塌路见愁。
数万游客待疏散，成群惊魂宿街头。
实时新闻牵人心，奈何预先无征候。

（2017 年 8 月 9 日）

注：2017 年 8 月 8 日 21 时 19 分 46 秒，四川省北部阿坝州九寨沟县发生里氏 7.0 级地震，震中位于九寨沟核心景区西部 5 公里处。

蚊 咬

连天阴雨送秋凉，蚊虫数量直线涨。
俯冲偷袭超精准，起降神速不张扬。
吸血惯用点阵式，觉察起包常成双。
红肿抓挠莫烦躁，抹点牙膏即止痒。

（2017 年 8 月 22 日）

女儿一家来北京

女儿一家来北京，抑制不住激动情。
相聚时间很宝贵，充实满足乐其中。
健豪苗壮高且俊，礼貌真诚亦精明。
野蜂飞舞神手指，行云流水钢琴声。
卡卡越来越秀气，灵活机敏善游泳。

身体结实如钢铁，水中翻腾小蛟龙。

自幼立下凌云志，积极进取必成功。

孩子总觉自家好，严格要求出精英。

（2017 年 8 月 26 日）

注：健豪，外孙，初二学生，业余钢琴已通过英皇 8 级。《野蜂飞舞》为指法快速的钢琴曲名。卡卡，外孙女，小学三年级，特长是游泳。

西江月·有感北京康复医院第二届消化疾病论坛

秀美西山脚下，金秋高天白云。

消化论坛年年新，贵在执着耕耘。

诸多青春面孔，不乏专家高人。

演讲精彩皆入神，学术催尔奋进。

（2017 年 9 月 9 日）

▲ 收到北京康复医院消化内科魏秀琴
主任邀请参会并致辞

孙女课外班有感

周六晨起挺匆忙，额外任务也紧张。
儿媳上午家长会，儿子出差在他乡。
孙女数学辅导课，送孩前往急慌慌。
狭小教室人拥挤，学童抢座近疯狂。

名目繁多课外班，攀比烧钱若赶场。
为学而学多无奈，哪顾快乐与健康？
校内减负校外补，蓬勃发展大市场。
宝贵童年不自由，小学教育怪现象。

（2017 年 9 月 16 日）

注：孙女上小学三年级，每周上好几个课外班，没有玩的时间，问这是为什么？答：同学们都上，不上就落后。真是教育怪现象。

我看新时代

何谓新时代，继往能开来。
边远尽脱贫，百姓有钱财。
风清且气正，官府无腐败。
环境得整治，晴空少雾霾。

社会讲法治，冤假案不再。
教育要公平，奋斗多平台。
看病不再难，医保全安排。

国家愈强大，人民愈拥戴。

强军可捍卫，领土与领海。
大国有担当，合作共赢牌。
梦想将实现，万众共期待。
满满正能量，吾辈乐开怀。

（2017 年 10 月 29 日）

回　看

半生蹉跎忆坎坷，激烈阶级斗争多。
政治运动不间断，贫困挣扎苦消磨。
拨乱反正抓经济，改革带来新生活。
和谐社会不折腾，科学发展结硕果。

（2017 年 11 月 2 日）

同窗情

同窗今相聚，喜获旧合影。
相隔半世纪，依然辨得清。
当年人和事，回想仍动情。
名师讲堂上，严厉更可敬。
难忘先生话，毕业前叮咛。

昔日诸学子，各有各精明。
人人皆有料，多年欠沟通。

不少无信息，还望能重逢。

通过微信群，交流并提醒。

健康多运动，珍惜且珍重。

（2017 年 11 月 4 日）

注：写在高中同学聚会后。

西江月·聚会

聚会包间一室，相约峨眉酒家。

满满情趣与佳话，出自苍颜白发。

毕业五十四载，重忆高中年华。

太多才智和奋发，仍能清晰记下。

（2017 年 11 月 5 日）

赞同窗

感恩微信见真才，开口成章随性来。

作诗快比曹子建，神思直追李太白。

昔日同窗当刮目，眼前诸君竞出彩。

你来我往会心笑，自家群里尽抒怀。

（2017 年 11 月 11 日）

注：赞高中同学胥福东作诗快且水平高。

悼新光

惊闻新光已西行，历历在目君身影。
同代领军佼佼者，学者风范早盛名。
大医仁心携后辈，弟子传承科室兴。
痛失好友夜难寐，洒酒对天祭英灵。

（2017 年 11 月 11 日）

注：刘新光，中国医师学会消化学会主任委员、北京大学第一医院消化内科教授。外出参加学术会议期间突然离世。

卡卡游泳比赛获奖有感

卡卡真出众，尤其擅游泳。
击水浪花飞，如若小蛟龙。
奖牌夺五块，比赛傲群英。
我为孙拍手，年少展豪情。

（2017 年 11 月 27 日）

注：外孙女卡卡，在中国香港读小学四年级，参加学校游泳比赛获 5 块奖牌。

152

大　雪

送走小雪大雪到，京城未见雪花飘。
日间暖阳晃人眼，夜风凉透羽绒袄。

（2017 年 12 月 7 日）

注：大雪指二十四节气之大雪。

西江月·老伴

窗外寒风呼啸，室内琴声悠扬。
默看老伴十指忙，欢快旋律流淌。
唠叨日子匆匆，悄然华灯初上。
巧手转身进厨房，少顷飘出饭香。

（2017 年 12 月 10 日）

看上海同学聚会感言

同学已是古稀人，对着姓名多能认。
眉眼尚留青春影，笑颜难掩沧桑纹。
当年清纯俊男女，岁月磨砺更精神。
上海毕业半世纪，真情牵挂到如今。

（2017 年 12 月 12 日）

注：二军大上海同学聚会。

临江仙·垂杨柳医院消化道出血研讨会

午间匆匆穿城过，赶来学术研讨。

诚谢丽凤主任邀。

开场就主持，千万别误了。

老友新朋坐一堂，临床热点聚焦。

台下提问真不少。

成功第二届，明年会更好。

（2017年12月20日）

注：董丽凤，女，清华大学附属垂杨柳医院消化内科主任，首都医科大学宣武医院原同事。

◀董丽凤主任（左三），作者为右二

◀在研讨会上

临江仙·谢赵一唐大师墨宝"三国演义开篇词"

大师墨宝高挂起，顿觉陋室生辉。

一丝不苟入细微。

秀雅引妙境，功力透纸背。

三国演义开篇词，气势恢宏壮美。

是非成败任其谁。

倾情诗书画，隶体君为最。

（2017 年 12 月 23 日）

注：赵一唐教授，中国著名画家、书法家。

▲ 赵一唐隶书"三国演义开篇词"

点绛唇·嘉嘉期末

学期之末，小荷已露尖尖角。

语文免考，算数分最好。

钢琴七级，门槛愈加高。

不骄躁，基础打牢，体健尤重要。

（2018 年 1 月 20 日）

注：嘉嘉，孙女，小学三年级。

感 言

白发苍颜朝气在，不料获奖又登台。
头脑手足勤为用，幸福有赖好心态。

（2018 年 2 月 3 日）

▲ 院长颁奖，左侧获奖者为作者

重 聚

几位退休医，相聚格外亲。
紧紧握住手，句句发自心。
回溯几十年，一群科主任。
驰骋消化界，医路展风云。

首医协作组，创业够艰辛。
联合各医院，领头于中麟。

肿瘤早发现，合作科研真。

携手做临观，试用新药品。

倡导做实事，同心更认真。

相关诸单位，齐头向前进。

多少苦与乐，记忆甚温馨。

今日再举杯，喜看后来人。

（2018年2月8日）

　　注：首医协作组，全名首都医科大学消化疾病临床研究协作组，成员来自首都医科大学附属医院及北京市所属的诸多医院消化内科，发起人是北京友谊医院消化内科主任于中麟教授，于1997年成立。主要成员来自天坛医院、宣武医院、朝阳医院、同仁医院、积水潭医院、佑安医院、安贞医院、垂杨柳医院、北京第四医院等十多家医院消化内科。

▲ 和北京友谊医院消化内科原主任于中麟教授（右二）、北京天坛医院消化内科原主任杨昭徐教授（左二）、北京朝阳医院消化内科原主任王世鑫教授（右一）等老朋友重聚

一个医生的诗

▲ 北京消化学界部分学者聚会。作者为前排左一

▲ 首医协作组全体成员第一次聚会（1997年）

踏莎行·岁月

风和气清，夕阳晚照。

今年春节无鞭炮。

人生漫漫回忆里，难忘戎装恰年少。

国泰民安，岁月静好。

鬓发如霜不思老。

奈何微信引哀痛，又有同学先走了。

（2018 年 2 月 18 日）

卜算子·春节北京城

春节放长假，小区骤然空。

喧闹孩童觅无踪，楼无几家灯。

街巷人影少，路边泊车静。

底商店铺多上锁，尤乏爆竹声。

（2018 年 2 月 19 日）

西江月·有感第六届京西消化肿瘤论坛

四月暖阳高照，京西百花争艳。

新朋老友又相见，消化肿瘤论坛。

讲者深入浅出，听众互动连连。

执着耕耘第六年，激活诸多热点。

（2018 年 4 月 20 日）

注：京西消化肿瘤论坛是北京京煤集团总医院（门头沟）筹办的北京京西地区一年一度的大型消化肿瘤专题研讨会，我有幸受消化内科肖健存主任邀请第六次参会。

芯片之痛

一张小芯片，科技高入云。
研发皆壁垒，知识重产权。
再难要立项，依靠内行人。
踏实做学问，不苟工匠心。

（2018 年 4 月 24 日）

医师节的感动

祝福让我感动，
鼓励让我动容。
批评让我反思，
理解让我不敢丝豪放松。
支持给我老来的动力，
信任助我愈加谨慎前行。
医患互信是我最大的期盼，
医师的节日让我受宠若惊！

（2018 年 8 月 19 日）

电脑前的老伴

晚风习习窗纱动，电脑无声伊人影。
原文查阅虽耗时，难病参考实为用。

（2018 年 8 月 25 日）

赞大庆

圆月彩霞美中秋，登高拍照竟追求。
嫦娥感动频招手，七旬童心情依旧。

（2018 年 9 月 25 日）

注：付大庆，高中、大学同学。付大庆中秋节为拍摄月亮不辞辛苦爬景山。

江城子·聚会之前

临近聚会心长草。
难睡着，醒得早。
翻来覆去，总把当年找。
毕业辛劳半世纪，老同学，你可好？
筹备诸事挺费脑。
告知晓，怕漏掉。
群策群力，但求遗憾少。
吃住游览细安排，保安全，想周到。

（2018 年 9 月 27 日）

注：2018 年 10 月，二军大军医 63 年级同学约定在京聚会，因来京同

学年龄均在 70 岁以上，吃住安全均需细致安排。北京同学成立筹备组，刘士英同学是筹备组组长，我是筹备组成员之一。

回眸与祝愿

一天一天光影变幻，
一年一年日月流转。
不经意间，
二军大毕业已经五十年。
越来越白的头发，
提醒我离开当年已经久远。
可总有些抹不去的记忆，
常常涌上心间。

记得，
阶梯教室的名师大课，
大家是那么聚精会神。
日光灯下的晚自习，
静得没有一点声音。
晚点名的领导讲评，
人人听得那么认真。
寝室里的无猜嬉闹，
笑声是那样的清纯。
还记得，
夜半的紧急集合，
下楼跑得吁吁气喘。
射击场上的打靶，

最兴奋的是有几个十环。
六月梅雨天的解剖教室，
汗津津地辨认那一根根神经、血管。
画张图归纳三大代谢的路径及之间的关联，
天书般的生物化学竟能清晰得一目了然。
郭兴福教学法告诉我们，
学精学透章节的要点是掌握学科知识的关键。
图书馆山一样的藏书提醒我们，
知识的丰满靠的是阅读、是勤奋。
还记得，
自编自演的舞蹈，
跳的是我们跃动的青春。
姜小玲的诗歌朗诵，
是那样情真感人。
史占鳌的笛声动听欢快，
婉转悠扬的是邵斌的小提琴。
周末，
宿舍楼前的排球比赛，
最吸眼球的是咱家娘子军。
无数次看球，
那么卖力地加油鼓劲，
你可曾为场上的哪一个人走神分心？
还有，
"四清"时上海川沙的农村，
清晨蹲在小河边刷牙洗脸。
和农民三同，
吃了半年的两稀一干。

早晚喝粥，
中午总是一锅绿绿的菜饭，
至今没忘农家上海菜饭那种特有的新鲜和清淡。

人生起步我们同行，
日日夜夜的五年，
共同的梦想、共同的期盼。
基础、临床、实验室、医院。
当年熟悉的场景，
仍能清晰地在眼前出现。
那段青葱岁月的印记，
是一辈子放不下的怀念。
不论相遇在哪里，
总有太多的话说起没完。
只要叫出一个名字，
脑海里就闪出一张年轻的脸。
哪怕谁在微信里冒个泡，
这个人都能从岁月的深潭中浮出水面。
可当久别的你站在对面，
日月的风蚀与记忆中的容颜，
竟有如此大的改变，
直呼其名还真有点难。
望着这张似曾相识又写满沧桑的脸，
怎不让人感慨万千？！
我们最美好的青春年华，
其实早已定格在半个世纪前！

从毕业后的只言片语中，
我了解我们 20 组几个同学的点滴片段：
那是 1973 年一个秋天的夜晚，
西藏墨脱一个边防营卫生所，
老乡从几十里外送来一位难产的藏族女人。
已经一天一夜，
产妇极度疲惫、命悬一线。
但这里是军营卫生所，
没有产科医生，
更没有手术条件。
卫生所里唯一的军医焦天一，
心急如焚。
眼看着两条生命渐行渐远，
唯有立即剖腹把胎儿取出，
别无选择，
尽管有很大的风险。
凭着毕业前在长海医院产科短暂实习的记忆，
加上一年前在第四野战医院外科半年进修的实践，
焦天一开始了与死神争夺的搏击，
可想而知过程的艰难。
婴儿的一声啼哭，
打破了军营的肃静。
产妇流泪的笑脸，
告知了母子平安！
我为产妇庆幸的同时，
感动的是焦天一的智慧和果敢。

老百姓交口称赞的神医啊，
还有多少出在咱们军医六三！

那是 1973 年的西藏阿里高原，
在这被称为世界屋脊的屋脊，
四季天气恶劣多变。
军医陈家一在一次执行任务途中，
暴风雪来的特别突然。
一天一夜的严重冻伤，
他遭遇到不得不截去几个脚趾的伤残。
慢慢抚平这突如其来的伤痛，
默默地继续医疗服务在祖国的边关，
直到七年后解甲归田。
记得"文革"后我们的北京相遇，
听他回溯高山极寒中跋涉艰难和几乎冻僵的濒死感，
我几度动容，身心震撼！
而他，这位曾多年战斗在冰山上的来客，
却是一如既往的平静、淡然！

那是 1979 年的对越自卫反击战，
军医盛献祥参加突击大队穿插敌后，
正当疾行在三面环山的狭窄路段，
遭遇敌特工部队猛烈伏击截拦。
枪林弹雨中，
一个个年轻的生命就倒在他眼前！
还没有来得及去给他们包扎救治，
瞬间自己也头部、双腿负伤，

被后续赶来的民工临时安置在路边山洞里面。
朦胧中，
仿佛听到我军坦克行进声，
睁眼朝洞外看去，
看到的却是组织收容救护的警卫排长也遭枪击，腹部中弹。
尽管自己的伤口还在淌血，
尽管知道洞外随时有再被枪击的危险，
盛献祥仍然挣扎着向洞外爬去。
他爬呀爬，终于爬到洞外，
用尽全身力气把重伤的排长一寸一寸地拽进了山洞里边。
排长没能等到最后的救治，
断续地对他说：
"谢谢盛医生……
我知道自己不行了，可你一定要坚持活着回家……
帮我摘下手表，交给农村的老婆……"
说完安静地闭上了双眼。
收好战友的遗物，
记下战友的遗言。
眼前的一切铭心刻骨，
心疼的泪水咬牙擦干。
炮火仍在轰鸣，
战车车轮飞转。
火红的八一军旗有他们血染的风采，
崇山峻岭见证了他们的牺牲和奉献！
盛献祥被装甲兵救下后辗转送往后方医院，
几经手术艰难地闯过了鬼门关。
遗憾的是至今头上仍残留细碎弹片。

这就是我的老同学们，

他们曾是我一个寝室的战友兄弟，

是曾在一张饭桌上吃饭的亲密同伴。

我们六三大队 243 名学员中，

该有多少他们这样的人，

经历了生与死的考验。

该有多少他们这样的人，

几年、十几年，甚至几十年扎根在边防、海防前线？

时代变迁，岗位转换。

不管在哪里，

每个人的生存与奋斗，

都别有一番坎坷与历练。

我们有过面对岁月蹉跎的无奈，

更有因改革开放带来的机遇，

竭力拼搏而展现出人生绚烂。

无论是坚持在基层，

日夜辛劳而独当一面；

还是突出重围，

在某一专业学科成功发展。

尽管成长、成熟的轨迹不尽相同，

每个人都有难忘的故事一串串。

为了共和国的今天，

我们脚踏荆棘、坚持信念、砥砺向前。

无私地奉献了自己的热血和青春。

因为我们有军人的魂！

身上留着第二军医大学的烙印！

岁月如歌，时光荏苒。
我们这些早已退休的四零后，
已是古稀老人。
回眸曾经的路，
无愧、无悔、无遗憾。
能走到今天，
有幸亲历了国家的改革巨变，
我们满足、我们感恩！
岁月的沧桑早已洗尽了我们青春的铅华，
但同学情谊却在我们心中深深扎根。
这个延续了多半个世纪的缘分，
是一种自然的牵挂，
是一种亲情般的温馨。
今天在这里，我们再次团圆。
见到了这么多亲切的面容，
听到了这么多久违的声音。
仿佛又回到了，
当年的大队、当年的班。
看！这群神采飞扬的白发人，
握紧手、搂住肩，
放肆笑、大声喊，
聊今天、忆当年。
双眼闪着泪花，
激动的发声都有些变音。
依然是当年的真诚、清纯，
如涓涓暖流灌溉着彼此的心。

一个医生的诗

没有美语煽情，
一声问好早已让我情不自禁！

让我们记住今天，
记住今天的炽热真情，
记住今天的笑脸灿烂。
让更多的理解、包容、爱心来温暖你我，
让晚年的我们，
重拾当年的欢笑，
好好地把握住当前。
在生命的长河中，
我们互相鼓励，牵手相伴。
迎着夕阳霞光，
争取健康地再畅游几十年！

（2018 年 10 月 11 日）

注：二军大军医 63 年级毕业 50 周年聚会晚会朗诵。姜小玲，女，同班同学。史占鳌、邵斌，大队同学。焦天一、陈家一、盛献祥同组同学。

▲ 付大庆同学主持聚会联欢晚会

▲ 刘士英同学代表北京筹备组欢迎来自全国各地的同学们

▲ 晚会上作者朗诵自编长诗《回眸与祝愿》

为健康干杯 ▶

当年的小花 ▶

西江月·赞四班同学

聚会落下帷幕，女士另有盘算。
心智体能皆强人，继续远郊游览。
静心红螺古刹，留影雁栖湖畔。
精气神韵非一般，七旬不输当年。

（2018 年 10 月 13 日）

回看聚会

毕业奔波五十年，久盼终于大团圆。
梦里追寻青葱影，接踵入目尽苍颜。
洒脱仍衬形体酷，女士优雅胜名媛。
阳刚矫健步态稳，笑脸愈来愈灿烂。
腹有内蕴气自华，不怨过往知感恩。
肺腑之言透真爱，热侃甚多新观念。
歌舞诗画全出彩，聚会堪比加油站。
执手话别眼角湿，合影回看亦欣然。

（2018 年 10 月 19 日）

▲ 全年级聚会同学合影

▲ 四班聚会同学合影

▲ 20 组聚会同学合影

看望中队长

北京同学今结群，七旬看望九旬人。

耄耋伉俪不显老，腿脚利落眼有神。

立正喊声中队长，双手紧握格外亲。

毕业整整半世纪，点名道姓还能认。

忆起军大当年事，谈笑风生甚机敏。

若问养生何诀窍，粗茶淡饭贵比金。

规律作息无烦恼，坚持走步作健身。

松柏同春仁者寿，福字诚寄弟子心。

（2018 年 11 月 7 日）

注：李廷秀，二军大军医 63 级学员大队二中队中队长，95 岁携夫人从上海来京。

▲ 北京的同学看望中队长

▲ 和李廷秀中队长（中）合影

一个医生的诗

忆疾风

真诚总是笑殷殷，乐于助人见爱心。
名门之后有傲骨，高干子弟红基因。
"文革"父母遭批斗，家庭牵连到自身。
战战兢兢待毕业，当兵新疆守昆仑。

翌年复员回北京，分配下厂当工人。
从头学徒不言苦，铣床操控技艺深。
拨乱反正终归口，学以致用回医门。
入职市属急救站，诊疗果断且认真。

遗传疾病慢进展，人生无常不抱怨。
失能挣扎数十载，双亲离去仍乐观。
坚持读书不落伍，一台电脑度残年。
悄然离去或解脱，几行小诗寄怀念。

（2018 年 11 月 14 日）

注：梅疾风，二军大北京同学。父母都是延安时期的老革命，其父梅行是部级老干部，其母聂眉初是人民日报社记者。梅患有遗传性小脑共济失调。北京急救中心以前叫北京市急救站。

我看改革开放四十年

改天换地四十年，历历在目入心田。
当年社会多贫困，缺吃少穿更没钱。

"文革"结束不折腾，掀去头顶几座山。
思想禁锢难打破，阶级斗争先靠边。
两个凡是敢踢开，检验真理靠实践。
批判对象得解放，"老九"有了话语权。
人们开始补文化，大学招生算起点。
走出国门学专业，惊呼差距实在远。

注重国计与民生，理直气壮抓生产。
产品走向市场化，国际贸易大扩展。
农业包产到户了，从此人民吃饱饭。
每个家庭均受惠，民众终于见笑脸。
一切走向法治化，冤假错案得平反。
踏踏实实练内功，规章制度渐完善。
严明纪律敢惩治，官员腐败有收敛。
治国纲领得人心，百姓称赞少抱怨。

民众不怕苦与累，高山绝顶肯登攀。
各行各业齐飞跃，衣食住行大改变。
科学技术求创新，高铁速度是样板。
手机不单为通话，外出诸事全包揽。
网上购物宅在家，送货快递守时间。
不想做饭点外卖，朋友聚餐挺一般。
鸡鸭鱼肉已平常，均衡营养讲清淡。
百姓居住多宽敞，出行越来越方便。

外出旅游民众化，欧美日韩寻常见。
家庭收入进小康，自知山外有高山。

富裕不忘贫困区，精准扶贫正攻坚。
韬光养晦好策略，留有余地不臭显。
伟人先驱牢牢记，前仆后继接好班。
回看足迹添感慨，神奇巨变如梦幻。
坚定改革开放路，中华复兴终可盼。
真心感恩改革好，更多惊喜在前面。

改革开放是史诗，你我全都装里边。
波澜壮阔浪潮中，人人争相在表演。
诸多演员谁出色？看清方向最关键。
时代脉搏抓准了，方能站在最前沿。
一路沧桑走过来，都为改革流过汗。
各自奋进小溪流，成就大海之浩瀚。
机遇站位不相同，个人发展别比攀。
成功挫折莫在意，幸运皆是过来人。

（2019年1月1日）

▲ 温馨且满足——感恩改革开放

忆高中同窗万青屴

出身背负"黑五类"，自恃清高不自卑。
高中三年显文采，神笔画韵催人醉。
中央美院初展翅，美术史里求真髓。
师从大师李可染，"文革"亦曾牛棚睡。
留学美国鱼得水，奇才港大尽发挥。
艺术学系名远扬，仰慕弟子五洲汇。
专著画展何其多，敢为人先立论贵。
惊悉青屴已西走，同窗心痛夜难寐。

（2019年2月24日）

注：万青屴，高中同学，我国著名美术史学者，著名画家，香港大学艺术学系教授。黑五类是"文革"中特指的地主、富农、反革命分子、坏分子、右派分子五种人的子女。

赞赵焕华

中越自卫反击战，写下遗书赴前线。
卫生队长大责任，整团医疗担在肩。
生死抢救拼时速，指挥贵在能应变。
班师评功让下属，深情回忆可感天。

（2019年3月16日）

注：赵焕华，二军大同学，曾参加中越自卫反击战，时任团卫生队队长。此诗有感于赵焕华同学中越自卫反击战的回忆文章。

高中记忆

一张陈旧的照片，
唤起深藏的记忆。
一个个纯真的笑脸，
迸发出蓬勃的朝气。
那是在颐和园昆明湖边，
绿树成荫，风光旖旎。
那是高考后的全班合影，
是那段青葱岁月的珍贵印记。

忘不了初次的班会，
懵懂、纯真、调皮。
带着初中生的青涩，
彼此陌生而新奇。
没有想象中成长的惬意，
没有豪言壮语，
也不知如何来适应高中的学习。
幸运的是我们有那么多德才双馨的老师，
循循善诱、一丝不苟、幽默风趣。
感谢他们，
包容了我们的无知，
规范了我们的言行，
给予了我们知识、启迪和激励，
把我们扶上了成长的阶梯。
奔跑中、磕绊中，

我们长大了，丰满了。
三年的奋发努力，
春天的花化作秋收的果，
在期待而又不舍中，
各自奔向了下一个目的地。

记忆里高中的骑河楼，
数不清留下了多少足迹。
那是我人生最宝贵的青春时段，
在心里、在梦里、在歌声里，
庆幸这段路上有同学的你们，
感染我的，
是你们的聪慧才华，
你们的热情活力，
你们的真诚无猜，
你们的情商与人格魅力。
日月循环，
从年青到老年，
我们的人生经历了无数次撞击。
当年的青涩，
转眼已是古稀。
蓦然回首，
感叹竟跑过了多半个世纪。
每张写满沧桑的脸，
都记载着不平凡的经历。
能够重逢，
是命运的恩赐，

是今生的缘分，
也基于我们昨天今日的心无芥蒂。

多少当年鲜活的人，
多少难忘的往事，
仍一直存留在心底。
聪明睿智，
曾获数学竞赛三等奖的沈铁范，
竟陨落于"文革"初期。
当年深受敬重的团支部书记，
工作后很快提为处室领导的女强人尹鸿霞，
在如火如荼的改革大潮中抱憾离去。
还有能歌善舞的胸外科专家张伯生，
厚厚道道的舒玉竹，
善良热心总是笑吟吟的朱素梅，
才华横溢的名画家万青艻……
感叹人生苦短，
希望青春重返当年的校园里。
怀念他们，
他们的音容笑貌难以抹去。
愿他们天堂快乐，
也能经常地聚一聚。

活着的同学，
有不少失去联系。
聚会虽能凑成一桌，
总遗憾人到得不齐。

经历了几十年的风雨，
个个依然透明清澈，
不仅硬朗敏捷，
而且时尚优雅得体。
我们已不在乎终点在哪，
但一定要珍惜！
珍惜眼前，
珍惜健康，
珍惜夕阳的绚丽。
让我们
好好把握、善待自己，
认真锻炼、维护身体。
想念上海的叶寄瑜，
那么多精彩的微信、视频。
想念香港的张载祺，
发来那么多让人回忆的照片，
还有每每真诚炙热的话语，
让我们不仅把彼此留在记忆里。
其实最营养这个群体的，
正是每个人每天的信息。
都说同学情如姐妹兄弟，
那正是彼此牵肠挂肚的惦记。
借用古人苏轼的名句，
"但愿人长久，千里共婵娟"。
作我真诚的祝福与企冀。

（2019 年 6 月 10 日）

▲ 毕业前在颐和园昆明湖边合影。班主任王英光老师（第三排右一），
作者（最后排左四）

▲ 高中同学聚会（1994 年，作者为第二排右二）

▲ 高中同学看望高三班主任王英光老师（前排左三）（1995年，作者为第二排右一）

▲ 回母校看看（1996 年，作者为左四）

▲ 再聚会（2018 年）

医师节

今天有点不寻常，医师节日却紧张。
上午门诊正忙碌，市里首长来看望。
各级领导全陪同，瞬间站了一走廊。
口罩忘摘心感动，真情慰问暖洋洋。

中午全院庆祝会，医生济济坐满堂。
气氛热烈且庄重，院长邀请说感想。
从业已然半世纪，坎坎坷坷尽沧桑。
生命相托责任大，终身学习当自强。

（2019 年 8 月 19 日）

注：今天是医师节，上午北京市卫健委副主任张华以及北京市西城区卫
健委领导、华润医疗领导等来医院慰问看望一线工作的医生。中午医院召开
庆祝医师节大会，我在会上谈了从医 50 年的感想。

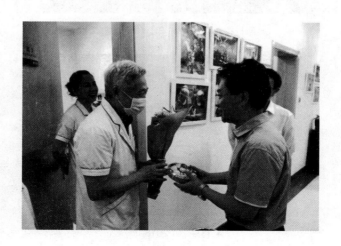

庆祝国庆七十年

七十华诞中国，全民喜庆欢乐。
威武雄壮阅兵，铿锵气势磅礴。
忘情游行群众，个个喜形于色。
沸腾天安门前，雀跃不能自我。

十四亿人梦想，实干奋发拼搏。
艰难挫折险阻，历经苦难太多。
几代前仆后继，改革波澜壮阔。
昂扬同一首歌，今天神州响彻。

（2019 年 10 月 1 日）

有感内镜年过万例

内镜一年过万例，二级医院不容易。
耄耋老人何其多，早癌息肉高比率。
总量无痛超九成，口碑相传留赞誉。

特色贵在能持久，病家认可最珍惜。

曾经稚嫩今梁柱，有序培养出业绩。
加班加点真辛劳，虔心钻研新技艺。
有赖全员埋头干，更得各方齐助力。
半山已然风光美，登顶尚需再鼓气。

（2019 年 12 月 19 日）

注：健宫医院消化内科从年初到 12 月 18 日，内镜总数已超过 1 万例。

▲ 冯燕副院长（第一排左三）、外科康健主任（第一排右二）、病理科杨洁主任（第一排左二）、麻醉科李颖护士长（第一排右一）等参加消化科年终总结会后留影